Tacet Books

Colombia

7 Mejores Cuentos

Editado por
August Nemo

Copyright© Tacet Books, 2024

Todos los derechos reservados.

Editor August Nemo

Diseño de cubierta y interior Mayra Falcini

Marketing Horacio Corral

Catalogación en la Publicación (CIP)

Nemo, August (org).
N436   7 mejores cuentos - Colombia – São Paulo, SP: Tacet Books, 2024.
136 p. : 14 x 21 cm

ISBN 978-65-89575-80-1

1. Literatura colombiana. 2. Cuentos.

CDD 868.9936

Tacet Books

Hecho en silencio

Para mentes ruidosas

www.tacetbooks.com

tacet.books@gmail.com

Sumario

Introducción . . . 5

San Antoñito
Tomás Carrasquilla . . . 11

Luz y sombra (Cuadros de la vida de una coqueta)
Soledad Acosta de Samper . . . 29

La protesta de la musa
José Asunción Silva . . . 49

Más fuerte que la muerte
Eduardo Castillo . . . 55

El primer viernes
José Restrepo Jaramillo . . . 67

La Tragedia Del Minero
Efe Gómez . . . 75

Mis próceres
Waldina Dávila de Ponce . . . 83

Contenido Bonus . . . 103

    Amor
    Jorge Isaacs . . . 103

    El último canto
    Ismael Enrique Arciniegas . . . 104

Canción Del Boga Ausente
Candelario Obeso   107

Anarkos
Guillermo Valencia   109

A Colombia
Julio Flórez   125

La respuesta de la tierra
José Asunción Silva   126

Los Autores   129

Introducción

La literatura colombiana, rica y diversificada, refleja la complejidad cultural del país, que resulta de la confluencia de herencias españolas, africanas e indígenas. La geografía variada de Colombia, con regiones como la costa del Caribe, la Gran Antioquia, el Altiplano de Cundinamarca-Boyacá, la Gran Tolima y el Valle del Oeste, contribuye a la diversidad de las tradiciones literarias.

Los Primeros Tiempos: Conquista y Colonialismo

La literatura colombiana comenzó a formarse durante el período de la conquista y colonización española. Los primeros escritores se dedicaron a narrar las conquistas, con crónicas que describían las nuevas tierras y las aventuras de los conquistadores. Gonzalo Jiménez de Quesada es un ejemplo notable, conocido por sus diarios de conquista. Otros cronistas importantes incluyen a Juan de Castellanos, autor de "Elegías de varones ilustres de Indias", un extenso poema sobre los héroes de las Indias, y Pedro Simón, quien escribió sobre la conquista española en la obra "Noticias historiales de las conquistas de Tierra Firme en las Indias Occidentales".

Literatura Colonial

Durante el período colonial, la literatura colombiana comenzó a diversificarse. Hernando Domínguez Camargo es un ejemplo de escritor barroco, influenciado por Luis de Góngora. Su obra "Poema épico para San Ignacio de Loyola" es una de las más reconocidas de ese período. Lucas Fernández de Piedrahita también se destacó con "Historia General de las Conquistas del Nuevo Reino de Granada".

Independencia y Romanticismo

La lucha por la independencia influyó fuertemente en la literatura del país. Escritores como Francisco Antonio Zea y Antonio Nariño utilizaron sus obras para apoyar el movimiento de liberación. La era post-independencia vio el ascenso del romanticismo, con figuras como Jorge Isaacs, autor de la novela "María", una obra fundamental del movimiento romántico colombiano.

Costumbrismo y Modernismo

A finales del siglo XIX y principios del siglo XX, la literatura costumbrista ganó destaque. Este movimiento literario se centraba en la representación de la vida cotidiana y las costumbres locales. Rafael Pombo es una figura importante de ese período, conocido por sus historias infantiles y poemas. Tomás Carrasquilla también se destacó con sus descripciones vívidas de la vida rural.

El modernismo, que surgió a finales del siglo XIX, trajo una nueva sensibilidad estética, caracterizada por la búsqueda de belleza e innovación. José Asunción Silva, con sus "Nocturnos", y José María Vargas Vila, crítico feroz del imperialismo y la iglesia, fueron los principales exponentes del modernismo en Colombia.

El Boom Latinoamericano y el Realismo Mágico

A partir de la década de 1950, la literatura colombiana ganó proyección internacional con el boom latinoamericano. Gabriel García Márquez es la figura central de este movimiento. Su novela "Cien años de soledad" es una obra maestra del realismo mágico, un estilo literario que mezcla lo real con lo fantástico de manera natural y cotidiana. Este período también vio la emergencia de escritores como Álvaro Mutis y Fernando Vallejo.

Nadaísmo y Generación Desencantada

Los años 1960 y 1970 estuvieron marcados por el nadaísmo, un movimiento vanguardista que reflejaba el nihilismo y la revuelta contra el orden establecido. Gonzalo Arango fue el líder de este movimiento. La generación desencantada, que emergió en la década de 1970, incluyó poetas como Juan Manuel Roca y María Mercedes

Carranza, cuyas obras reflejan el escepticismo político y un lenguaje coloquial que critica la realidad urbana.

Literatura Contemporánea

En las últimas décadas, la literatura colombiana ha continuado evolucionando, abordando temas urbanos y sociales con nuevas voces. Autores contemporáneos como Héctor Abad Faciolince, Laura Restrepo y Santiago Gamboa exploran la complejidad de la vida moderna en Colombia. La poesía también sigue fuerte, con poetas como Lucía Estrada y Andrea Cote ganando reconocimiento internacional.

Literatura Infantil

La literatura infantil en Colombia también tiene una rica tradición, con Rafael Pombo siendo una figura central. Sus rimas y cuentos son ampliamente conocidos y utilizados en la educación básica. Más recientemente, autores como Jairo Aníbal Niño e Irene Vasco han explorado nuevos temas, incluyendo el conflicto y el miedo, reflejando la realidad vivida por muchos niños colombianos.

Conclusión

La literatura colombiana es un reflejo vibrante y diversificado de la historia y cultura del país. Desde las crónicas de la conquista hasta las voces contemporáneas, ofrece un rico tapiz de narrativas que capturan la esencia de Colombia. "Los 7 mejores cuentos de Colombia" pretende ser una introducción a esta riqueza literaria, invitando al lector a explorar las profundidades de la imaginación y la realidad colombianas.

San Antoñito

Tomás Carrasquilla

Aguedita Paz era una criatura entregada a Dios y a su santo servicio. Monja fracasada por estar ya pasadita de edad cuando le vinieron los hervores monásticos, quiso hacer de su casa un simulacro de convento, en el sentido decorativo de la palabra; de su vida algo como un apostolado, y toda, toda ella se dio a los asuntos de iglesia y sacristía, a la conquista de almas a la mayor honra y gloria de Dios, mucho a aconsejar a quien lo hubiese o no menester, ya que no tanto a eso de socorrer pobres y visitar enfermos.

De su casita para la iglesia y de la iglesia para su casita se le iban un día, y otro y otro, entre gestiones y santas intriguillas de fábrica, componendas de altares, remontas y zurcidos de la indumentaria eclesiástica, *toilette* de santos, barrer y exornar todo paraje que se relacionase con el culto.

En tales devaneos y campañas llegó a engranarse en íntimas relaciones y compañerismo con Damiancito Rada, mocosuelo muy pobre, muy devoto, y monaguillo mayor en procesiones y ceremonias, en quien vino a cifrar la buena señora un cariño tierno a la vez que extravagante, harto raro por cierto en gentes célibes y devotas. Damiancito era su brazo derecho y su paño de lágrimas: él la ayudaba en barridos y sacudidas, en el lavatorio y lustre de candelabros e incensarios; él se pintaba solo para manejar albas y doblar corporales y demás trapos eucarísticos; a su cargo estaba el acarreo de flores, musgos y forrajes para el altar, y era primer ayudante y asesor en los grandes días de repicar recio, cuando se derretía por esos altares mucha cera y esperma, y se colgaban por esos muros y palamentas tantas coronas de flores, tantísimos paramentones de colorines.

Sobre tan buenas partes era Damiancito sumamente rezandero y edificante, comulgador insigne, aplicado como él solo dentro y fuera de la escuela, de carácter sumiso, dulzarrón y recatado, enemigo de los juegos estruendosos de la chiquillería, y muy dado a enfrascarse en *La monja santa*, *Práctica de amor a Jesucristo* y en otros libros no menos piadosos y embelecadores.

Prendas tan peregrinas como edificantes, fueron poderosas a que Aguedita, merced a sus videncias e inspiraciones, llegase a adivinar en Damián Rada no un curita de misa y olla, sino un doctor de la Iglesia, mitrado cuando menos, que en tiempos no muy lejanos había de refulgir cual astro de sabiduría y santidad, para honra y glorificación de Dios.

Lo malo de la cosa era la pobreza e infelicidad de los padres del predestinado y la no mucha abundancia de su protectora. Mas no era ella para renunciar a tan sublimes ideales: esa miseria era la red con que el Patas quería estorbar el vuelo de aquella alma que había de remontarse serena, serena como una palomita, hasta su Dios. ¡Pues no! ¡No lograría el Patas sus intentos! Y discurriendo, discurriendo, cómo rompería la diabólica maraña, diose a adiestrar a Damiancito en tejidos de red y *crochet*; y tan inteligente resultó el discípulo, que al cabo de pocos meses puso en cantarilla un ropón con muchas ramazones y arabescos que eran un primor, labrado por las delicadas manos de Damián.

Catorce pesos, billete sobre billete, resultaron de la invención.

Tras esta vino otra, y luego la tercera, las cuales le produjeron obra de tres condores. Tales ganancias abriéronle a Aguedita tamaña agalla. Fuese al cura y le pidió permiso para hacer un bazar a beneficio de Damián. Concedióselo el párroco, y armada de tal concesión y de su mucha elocuencia y seducciones, encontró apoyo en todo el señorío del pueblo. El éxito fue un sueño que casi trastornó a la buena señora, con ser que era muy cuerda: ¡sesenta y tres pesos!

El prestigio de tal dineral; la fama de las virtudes de Damián, que ya por ese entonces llenaba los ámbitos de la parroquia; la fealdad casi ascética y decididamente eclesiástica del beneficiado formáronle aureola, especialmente entre el mujerío y gentes piadosas. "El curita de Aguedita" llamábalo todo el mundo, y en mucho tiempo no se habló de otra cosa que de sus virtudes, austeridades y penitencias. El curita ayunaba témporas y cuaresmas antes que su Santa Madre Iglesia se lo ordenase, pues apenas entraba por los quince; y no así, atracándose con el mediodía y comiendo a cada rato como se estila hogaño, sino con una frugalidad eminentemente franciscana; y se dieron veces en que el ayuno fuera al traspaso cerrado. El curita de Aguedita se iba por esas mangas en busca de las soledades, para hablar con su Dios y echarle unos párrafos de *Imitación de Cristo*, obra que a estas andanzas y aislamientos siempre llevaba consigo. Unas leñadoras contaban haberle visto metido entre una barranca, arrodillado y compungido, dándose golpes de pecho con una mano de moler. Quién aseguraba que en un paraje muy remoto y umbrío había hecho una cruz de sauce y que en ella se crucificaba horas enteras a cuero pelado; y nadie lo dudaba, pues Damián volvía siempre ojeroso, macilento, de los éxtasis y crucifixiones. En fin, que Damiancito vino a ser el santo de la parroquia, el pararrayos que libraba a tanta gente mala de las cóleras divinas. A las señoras limosneras se les hizo preciso que su óbolo pasara por las manos de Damián, y todas a una le pedían que las metiese en parte en sus santas oraciones.

Y como el perfume de las virtudes y el olor de santidad siempre tuvieron tanta magia, Damián, con ser un bicho raquítico, arrugado y enteco, aviejado y paliducho de rostro, muy rodillijunto y patiabierto, muy contraído de pecho y maletón, con una figurilla que más parecía de feto que de muchacho, resultó hasta bonito e interesante. Ya no fue curita: fue "San Antoñito". San Antoñito le nombraban y por San Antoñito entendía. "¡Tan queridito!" -decían las señoras cuando lo veían salir de la iglesia, con su paso tan menudito, sus codos tan remendados, su par de parches en las posas, pero tan aseadito y decoroso. "¡Tan bello ese modo de rezar con sus ojos cerrados! ¡La unción de esa criatura es una cosa que edifica! Esa sonrisa de humildad y mansedumbre. ¡Si hasta en el caminado se le ve la santidad!".

Una vez adquiridos los dineros no se durmió Aguedita en las pajas. Avistose con los padres del muchacho, arreglole el ajuar; comulgó con él en una misa que habían mandado a la Santísima Trinidad para el buen éxito de la empresa; diole los últimos perfiles y consejos, y una mañana muy fría de enero viose salir a San Antoñito de panceburro nuevo, caballero en la mulita vieja de señó Arciniegas, casi perdido entre los zamarros del mayordomo de Fábrica, escoltado por un rescatante que le llevaba la maleta y a quien venía consignado. Aguedita, muy emparentada con varias señoras acaudaladas de Medellín, había gestionado de antemano a fin de recomendar a su protegido; así fue que cuando este llegó a la casa de asistencia y hospedaje de las señoras Del Pino, halló campo abierto y viento favorable.

La seducción del santo influyó al punto, y las señoras Del Pino, doña Pacha y Fulgencita, quedaron luego a cuál más pagada de su recomendado. El maestro Arenas, el sastre del Seminario, fue llamado inmediatamente para que le tomase las medidas al presunto seminarista y le hiciese una sotana y un manteo a todo esmero y baratura, y un terno de lanilla carmelita para las grandes ocasiones y trasiegos callejeros. Ellas le consiguieron la banda, el tricornio y los zapatos; y doña Pacha se apersonó en el Seminario para recomendar ante el rector a Damián. Pero, ¡oh desgracia!, no pudo conseguir la beca: todas estaban comprometidas y sobraba la mar de candidatos. No por eso amilanose doña Pacha: a su vuelta del Seminario entró a la Catedral e imploró los auxilios del Espíritu Santo para que la iluminase en conflicto semejante. Y la iluminó. Fue el caso que se le ocurrió avistarse con doña Rebeca Hinestrosa de Gardeazábal, dama viuda, riquísima y piadosa, a quien pintó la necesidad y de quien recabó almuerzo y comida para el santico. Felicísima, radiante, voló doña Pacha a su casa, y en un dos por tres habilitó de celdilla para el seminarista un cuartucho de trebejos que había por allá junto a la puerta falsa; y aunque pobres, se propuso darle ropa limpia, alumbrado, merienda y desayuno.

Juan de Dios Barco, uno de los huéspedes, el más mimado de las señoras por su acendrado cristianismo, así en el Apostolado de la Oración y malilla en los asuntos de san Vicente, regalole al muchacho algo de su ropa en muy buen estado y un par de botines que le vinieron holgadillos y un tanto sacados y movedizos de jarrete. Juancho le consiguió con mucha rebaja los textos y útiles en la Librería Católica y cátame a Periquito hecho fraile.

No habían transcurrido tres meses y ya Damiancito era dueño del corazón de sus patronas y propietario en el de los pupilos y en el de cuanto huésped arrimaba a aquella casa de asistencia tan popular en Medellín. Eso era un contagio. Lo que más encantaba a las señoras era aquella parejura de genio; aquella sonrisa, mueca celeste, que ni aun en el sueño despintaba a Damiancito; aquella cosa allá, indefinible, de ángel raquítico y enfermizo, que hasta a esos dientes podridos y disparejos daba un destello de algo ebúrneo, nacarino; aquel filtrarse la luz del alma por los ojos, por los poros de ese muchacho tan feo al par que tan hermoso. A tanto alcanzó el hombre, que a las señoras se les hizo un ser necesario. Gradualmente, merced a instancias que a las patronas les brotaban desde la fibra más cariñosa del alma, Damiancito se fue quedando, ya a almorzar, ya a comer en casa; y llegó día en que se le envió recado a la señora de Gardeazábal que ellas se quedaban definitivamente con el encanto.

—Lo que más me pela del muchachito -decía doña Pacha- es ese poco metimiento, esa moderación con nosotras y con los mayores. ¿No te has fijado, Fulgencia, que si no le hablamos él no es capaz de dirigirnos la palabra por su cuenta?

—¡No digás eso, Pacha! ¡Esa aplicación de ese niño! ¡Y ese juicio que parece de viejo! ¡Y esa vocación para el sacerdocio! ¡Y esa modestia: ni siquiera por curiosidad ha alzado a ver a Candelaria!

Era la tal una muchacha criada por las señoras en mucho recato, señorío y temor de Dios. Sin sacarla de su esfera y condición mimábanla cual a propia hija; y como no era mal parecida y en casas como aquella nunca faltan asechanzas, las señoras, si bien miraban a la chica como un vergel cerrado, no la perdían de vista ni un instante.

Informada doña Pacha de las habilidades del pupilo como franjista y tejedor púsolo a la obra, y pronto varias señoras ricas y encopetadas le encargaron antimacasares y cubiertas de muebles. Corrida la noticia por las *réclames* de Fulgencia, se le pidió un cubrecama para una novia... ¡Oh! ¡En aquello sí vieron las señoras los dedos un ángel! Sobre aquella red sutil e inmaculada, cual telaraña de la gloria, albeaban con sus pétalos ideales manojos de azucenas, y volaban como almas de vírgenes unas mariposas aseñoradas, de una gravedad coqueta y desconocida. No tuvo que intervenir la lavandera: de los dedos milagrosos salió aquel ampo de pureza a velar el lecho de la desposada.

Del importe del cubrecama sacole Juancho un flux de muy buen paño, un calzado hecho sobre medidas y un tirolés de profunda hendidura y ala muy graciosa. Entusiasmada doña Fulgencia con tantísima percha hízole de un retal de blusa mujeril que le quedaba en bandera una corbata de moño, a la que, por sugestión acaso, imprimió la figura arrobadora de las mariposas supradichas. Etéreo como una revelación de los mundos celestiales quedó Damiancito con los atavíos; y cual si ellos influyesen en los vuelos de su espíritu sacerdotal, iba creciendo al par que en majeza y galanura en las sapiencias y reconditeces de la latinidad. Agachado en su mesita cojitranca vertía del latín al romance y del romance al latín, ahora a Cornelio Nepote y tal cual miaja de Cicerón, ahora a san Juan de la Cruz, cuya serenidad hispánica remansaba en unos hiperbatones dignos de Horacio Flaco. Probablemente Damiancito sería con el tiempo un Caro número dos.

La cabecera de su casta camita era un puro pegote de cromos y medallas, de registros y estampitas, a cual más religioso. Allí Nuestra Señora del Perpetuo, con su rostro flacucho tan parecido al del seminarista; allí Martín de Porres, que armado de su escoba representa la negrería del Cielo; allí Bernardette, de rodillas ante la blanca aparición; allí copones entre nubes, ramos de uvas y gavillas de espigas, y el escapulario del Sagrado Corazón, de alto relieve, destacaba sus chorrerones de sangre sobre el blanco disco de franela.

Doña Pacha, a vueltas de sus entusiasmos con las virtudes y angelismo del curita, y en fuerza acaso de su misma religiosidad, estuvo a pique de caer en un cisma: muchísimo admiraba a los sacerdotes, y sobre todo al rector del Seminario; pero no le pasaba ni envuelto en hostias eso de que no se le diese beca a un ser como Damián, a ese pobrecito desheredado de los bienes terrenos, tan millonario en las riquezas eternas. El rector sabría mucho; tanto, si no más que el obispo; pero ni él ni su ilustrísima le habían estudiado, ni mucho menos comprendido. ¡Claro! De haberlo hecho, desbecaran al más pintado a trueque de colocar a Damiancito. La iglesia antioqueña iba a tener un san Tomasito de Aquino, si acaso Damián no se moría, porque el muchacho no parecía cosa para este mundo.

Mientras que doña Pacha fantaseaba sobre las excelsitudes morales de Damián, Fulgencita se daba a mimarle el cuerpo endeble que aprisionaba aquella alma apenas comparable al cubrecama consabido. Chocolate sin harina de lo más concentrado y espumoso; aquel chocolate con que las hermanas se regodeaban en sus horas de sibaritismo, le era servido en una jícara tamaña como esquilón. Lo más selecto de los comistrajes, las grosuras domingueras con que regalaban a sus comensales, iban a dar en raciones frailescas a la tripa del seminarista, que gradualmente se iba anchando, anchando. Y para aquella cama que antes fuera dura tarima de costurero, hubo blandicies por colchones y almohadas, y almidonadas blancuras semanales por sábanas y fundas, y flojedades cariñosas por la colcha grabada, de candideces blandas y flecos desmadejados y acariciadores. La madre más tierna no repasa ni revisa los indumentos interiores de su unigénito cual lo hiciera Fulgencita con aquellas camisas, con aquellas medias y con aquella otra pieza que no pueden nombrar las *misses*. Y aunque la señora era un tanto asquienta y poco amiga de entenderse con ropas ajenas, fuesen limpias o sucias, no le pasó ni remotamente al manejar los trapitos del seminarista ni un ápice de repugnancia. ¡Qué le iba a pasar! ¡Si antes se le antojaba, al manejarlas, que sentía el olor de pureza que deben exhalar los suaves plumones de los ángeles! Famosa dobladora de tabacos, hacía unos largos y aseñorados que eran para que Damiancito los fumase a solas en sus breves instantes de vagar.

Doña Pacha, en su misma adhesión al santico, se alarmaba a menudo con los mimos y ajonjeos de Fulgencia, pareciéndole un tanto sensuales y antiascéticos tales refinamientos y tabaqueos. Pero su hermana le replicaba, sosteniéndole que un niño tan estudioso y consagrado necesitaba muy buen alimento; que sin salud no podía haber sacerdotes, y que a alma tan sana no podían malearla las insignificancias de unos cuatro bocados más sabrosos que la bazofia ordinaria y cotidiana, ni mucho menos el humo de un cigarro; y que así como esa alma se alimentaba de las dulzuras celestiales, también el pobre cuerpo que la envolvía podía gustar algo dulce y sabroso, máxime cuando Damiancito le ofrecía a Dios todos sus goces puros e inocentes.

Después del rosario con misterios en que Damián hacía el coro, todo él ojicerrado, todo él recogido, todo extático, de hinojos sobre la áspera estera antioqueña que cubría el suelo; después de este largo coloquio con el Señor y su Santa Madre, cuando ya las patronas habían despachado sus quehaceres y ocupaciones de prima noche, solía Damián leerles algún libro místico, del padre Fáber por lo regular. Y aquella vocecilla gangosa que se desquebrajaba al salir por aquella dentadura desportillada, daba el tono, el acento, el carácter místico de oratoria sagrada. Leyendo *Belén*, el poema de la *Santa Infancia*, libro en que Fáber puso su corazón, Damián ponía una cara, unos ojos, una mueca que a Fulgencia se le antojaban transfiguración o cosa así. Más de una lágrima se le saltó a la buena señora en esas leyendas.

Así pasó el primer año, y, como era de esperarse, el resultado de los exámenes fue estupendo; y tanto el desconsuelo de las señoras al pensar que Damiancito iba a separárseles durante las vacaciones, que él mismo, *motu proprio*, determinó no irse a su pueblo y quedarse en la ciudad a fin de repasar los cursos ya hechos y prepararse para los siguientes. Y cumplió el programa con todos sus puntos y comas: entre textos y encajes, entre redes y cuadernos, rezando a ratos, meditando con frecuencia, pasó los asuetos; y solo salía a la calle a las diligencias y compras que a las señoras se les ocurrían, y tal vez a paseos vespertinos a las afueras más solitarias de la ciudad, y eso porque las señoras a ello lo obligaban.

Pasó el año siguiente; pero no pasó sin que antes se acrecentara más y más el prestigio, la sabiduría, la virtud sublime de aquel santo precoz. No pasó tampoco la inquina santa de doña Pacha al rector del Seminario: que cada día le sancochaba la injusticia y el espíritu de favoritismo que aun en los mismos seminarios cundía e imperaba.

Como a fines de ese año, a tiempo que los exámenes se terminaban, se les hubiese ocurrido a los padres de Damián venir a visitarlo a Medellín, y como Aguedita estuviera de viaje a los ejercicios de diciembre, concertaron las patronas, previa licencia paterna, que tampoco en esta vez fuese Damián a pasar las vacaciones a su pueblo. Tal resolución les vino a las señoras, no tanto por la falta que Damián iba a hacerles, cuanto y más por la extremada pobreza, por la miseria que revelaban aquellos viejecitos, un par de campesinos de lo más sencillo e inocente, para quienes la manutención de su hijo iba a ser, si bien por pocos días, un gravamen harto pesado y agobiador. Damián, este ser obediente y sometido, a todo dijo amén con la mansedumbre de un cordero. Y sus padres, después de bendecirle, partieron, llorando de reconocimiento a aquellas patronas tan bondadosas y a mi Dios que les había dado aquel hijo.

¡Ellos, unos pobrecitos montañeros, unos ñoes, unos muertos de hambre, taitas de un curita! Ni podían creerlo. ¡Si su Divina Majestad fuese servida de dejarlos vivir hasta verlo cantar misa o alzar con sus manos la hostia, el cuerpo y sangre de mi Señor Jesucristo! Muy pobrecitos eran, muy infelices; pero cuanto tenían, la tierrita, la vaca, la media roza, las cuatro matas de la huerta, de todo saldrían, si necesario fuera, a trueque de ver a Damiancito hecho cura. Pues ¿Aguedita? El cuajo se le ensanchaba de celeste regocijo, la glorificación de Dios le rebullía por dentro al pensar en aquel sacerdote, casi hechura suya. Y la parroquia misma, al sentirse patria de Damián, sentía ya vibrar por sus aires el soplo de la gloria, el hálito de la santidad: sentíase la Padua chiquita.

No cedía doña Pacha en su idea de la beca. Con la tenacidad de las almas bondadosas y fervientes buscaba y buscaba la ocasión; y la encontró. Ello fue que un día, por allá en los julios siguientes, apareció por la casa, como llovida del cielo y en calidad de huésped, doña Débora Cordobés, señora briosa y espiritual, paisana y próxima parienta del rector del Seminario. Saber doña Pacha lo del parentesco y encargar a dona Débora de la intriga, todo fue uno. Prestose ella con entusiasmo, prometiéndole conseguir del rector cuanto pidiese. Ese mismo día solicitó por el teléfono una entrevista con su ilustre allegado, y al Seminario fue a dar a la siguiente mañana.

Doña Pacha se quedó atragantándose de Te Deums y Magníficats, hecha una acción de gracias; corrió Fulgencita a arreglar la maleta y todos los bártulos del curita, no sin chocolear un poquillo por la separación de este niño que era como el respeto y la veneración de la casa. Pasaban horas, y doña Débora no aparecía. El que vino fue Damián, con sus libros bajo el brazo, siempre tan parejo y tan sonreído.

Doña Pacha quería sorprenderlo con la nueva, reservándosela para cuando todo estuviera definitivamente arreglado, pero Fulgencita no pudo contenerse y le dio algunas puntadas. Y era tal la ternura de esa alma, tanto su reconocimiento, tanta su gratitud a las patronas, que, en medio de su dicha, Fulgencita le notó cierta angustia, tal vez la pena de dejarlas. Como fuese a salir, quiso detenerlo Fulgencita; pero no le fue dado al pobrecito quedarse, porque tenía que ir a la Plaza del Mercado a llevar una carta a un arriero, una carta muy interesante para Aguedita.

Él que sale y doña Débora que entra. Viene inflamada por el calor y el apresuramiento. En cuanto la sienten las Del Pino se le abocan, la interrogan, quieren sacarle de un tirón la gran noticia. Siéntase doña Débora en un diván exclamando:

—¡Déjenme descansar y les cuento!

Se le acercan, la rodean, la asedian. No respiran. Medio repuesta un punto, dice la mensajera:

—¡Mis queridas! ¡Se las comió el santico! ¡Hablé con Ulpianito: hace más de dos años que no ha vuelto al seminario!... ¡Ulpianito ni se acordaba de él!...

—¡Imposible! ¡Imposible! -exclaman a dúo las dos señoras.

—No ha vuelto... ¡Ni un día! Ulpianito ha averiguado con el vicerrector, con los pasantes, con los profesores todos del Seminario. Ninguno lo ha visto. El portero, cuando oyó las averiguaciones, contó que ese muchacho estaba entregado a la vagamundería. Por ahí dizque lo ha visto en malos pasos. Según cuentas, hasta donde los protestantes dizque ha estado...

—¡Esa es una equivocación, misiá Débora! -prorrumpe Fulgencita con fuego.

—¿Eso es para no darle la beca! -exclama doña Pacha sulfurada-. ¡Quién sabe en qué enredo habrán metido a ese pobre angelito!...

—¡Sí, Pacha! -asevera Fulgencita-. A misiá Débora la han engañado. Nosotras somos testigos de los adelantos de ese niño; él mismo nos ha mostrado los certificados de cada mes y las calificaciones de los certámenes.

—Pues no entiendo, mis señoras, o Ulpiano me ha engañado -dice doña Débora, ofuscada, casi vacilando.

Juan de Dios Barco aparece.

—¡Oiga, Juancho, por Dios! -exclama Fulgencita en cuanto le echa el ojo encima-. Camine, oiga estas brujerías. ¡Cuéntele, misiá Débora!

Resume ella en tres palabras; protesta Juancho; se afirman las patronas; dase por vencida doña Débora.

—¡Esta no es conmigo!... -vocifera doña Pacha, corriendo al teléfono.

¡Tilín!... ¡tilín!...

—¡Central!... ¡Rector del Seminario!...

¡Tilín!... ¡tilín!...

Y principian. No oye, no entiende; se enreda, se involucra, se tupe, da la bocina a Juancho y escucha temblorosa. La sierpe que se le enrosca a Núñez de Arce le pasa rumbando. Da las gracias Juancho, se despide, cuelga la bocina y aísla.

Y aquella cara anodina, agermanada, de zuavo de Cristo, se vuelve a las señoras; y con aquella voz de inmutable simpleza dice:

—¡Nos co-mió el ce-bo el pen-de-je-te!

Se derrumba Fulgencia sobre un asiento. Siente que se desmorona, que se deshiela moralmente. No se asfixia porque la caldera estalla en un sollozo.

—¡No llorés, Fulgencia! -vocifera doña Pacha con voz enronquecida y temblona-, ¡dejámelo estar!

Álzase Fulgencia y ase a la hermana por los molledos.

—¡No le vaya a decir nada, mi querida! ¡Pobrecito!

Rúmbala doña Pacha de tremenda manotada.

—¡Que no le diga! ¡Que no le diga! ¡Que venga aquí ese pasmao!... ¡Jesuíta! ¡Hipócrita!

—¡No, por Dios, Pacha!...

—¡De mí no se burla ni el obispo! ¡Vagamundo! ¡Perdido! ¡Engañar a unas tristes viejas! ¡Robarles el pan que podían haberle dado a un pobre que lo necesitara! ¡Ah, malvado! ¡Comulgador sacrílego! ¡Inventor de certificados y de certámenes!... ¡Hasta protestante será!

—¡Vea, mi queridita! No le vaya a decir nada a ese pobre. Déjelo siquiera que almuerce.

Y cada lágrima le caía congelada por la arrugada mejilla.

Intervienen doña Débora y Juancho. Suplican.

—¡Bueno! -decide al fin doña Pacha, levantando el dedo-. ¡Jartálo de almuerzo hasta que se reviente! Pero eso sí: ¡chocolate del de nosotras sí no le das a ese sinvergüenza! ¡Que beba aguadulce o que se largue sin sobremesa!

Y erguida, agrandada por la indignación, corre a servir el almuerzo.

Fulgencita alza a mirar, como implorando auxilio, la imagen de san José, su santo predilecto.

A poco llega el santico, más humilde, con su sonrisilla seráfica un poquito más acentuada.

—Camine a almorzar, Damiancito... -le dice doña Fulgencia, como en un trémolo de ternura y amargura.

Sentose la criatura y de todo comió con mastiqueo nervioso, y no alzó a mirar a Fulgencita ni aun cuando esta le sirvió la inusitada taza de agua de panela.

Con el último trago le ofrece doña Fulgencia un manojo de tabacos, como lo hacía con frecuencia. Recíbelos San Antoñito, enciende y vase a su cuarto.

Doña Pacha, terminada la faena del almuerzo, fue a buscar al protestante. Entra a la pieza y no lo encuentra; ni la maleta, ni el tendido de la cama.

Por la noche llaman a Candelaria al rezo y no responde; búscanla y no aparece; corren a su cuarto, hallan abierto y vacío el baúl... Todo lo entienden.

A la mañana siguiente, cuando Fulgencita arreglaba el cuarto del malvado, encontró una alpargata inmunda de las que él usaba; y al recogerla cayó de sus ojos, como el perdón divino sobre el crimen, una lágrima nítida, diáfana, entrañable.

Luz y sombra
(Cuadros de la vida de una coqueta)

Soledad Acosta de Samper

I

La juventud

Brillaba Santander en toda su gloria militar, en todo el esplendor de sus triunfos y en el apogeo de su juventud y gallardía. El pueblo se regocijaba con su adquirida patria, y el gozo y satisfacción que causa el sentimiento de la libertad noblemente conquistada se leía en todos los semblantes.

Contaba yo de catorce a quince años. Había perdido a mi madre poco antes, y mi padre, viéndome triste y abatida, quiso que acompañada por una señora respetable, visitase a Bogotá y asistiese a las procesiones de Semana Santa, que se anunciaban particularmente solemnes para ese año. En aquel tiempo el pueblo confundía siempre el sentimiento religioso con los acontecimientos políticos, y en la semana santa cada cual procuraba manifestarse agradecido al que nos había libertado del yugo de España.

Triste, desalentada, tímida y retraída llegué a casa de las señoritas Hernández, donde mi compañera, doña Prudencia, acostumbraba desmontarse en Bogotá. Las Hernández eran las mujeres más de moda y más afamadas por su belleza que había entonces, particularmente una de ellas, Aureliana. Llegamos el lunes santo a las dos de la tarde, y doña Prudencia, deseosa de que yo no perdiese procesión, me obligó a vestirme, y casi por fuerza me llevó a un balcón de la calle real a reunirnos a las Hernández, que ya habían salido de casa.

Cuando vi los balcones llenos de gente ricamente vestida, las barandas cubiertas con fastuosas colchas, y me encontré en medio de una multitud de muchachas alegres y chanceras, me sentí profundamente triste y avergonzada, y hubiera querido estar en el bosque, más retirado de la hacienda de mi padre.

—¡Allá viene Aureliana! -exclamó doña Prudencia.

—¿Dónde? -pregunté, deseosa de conocerla; pues su extraordinaria hermosura era el tema de todas las conversaciones.

—Aquella que viene rodeada de varios caballeros.

—¿La que trae saya de terciopelo negro con adornos azules y velo de encaje negro?

—No, ésa es Sebastiana, la hermana mayor. La que viene detrás con una saya de terciopelo violeta, guarniciones de raso blanco y mantilla de encaje blanco, es Aureliana.

¡No creo que haya habido nunca mujer más hermosa! Un cuerpo elegante y gallardo, una blancura maravillosa, ojos que brillaban como soles, labios divinamente formados que cubrían dientes de perlas... y por último sin igual donaire y gracia. Subió inmediatamente al balcón en que yo estaba, rodeada por un grupo de jóvenes que como mariposas giraban en torno suyo. Los saludos, las sonrisas, las miradas tiernas, los elogios más apasionados eran para Aureliana. Sebastiana era también muy bella, pero su hermana arrebataba y hacía olvidar a todas las demás. Su gracia, sus movimientos elegantes, su angelical sonrisa y mirada, ya lánguida, ya viva, alegre o sentimental, todo en Aureliana encantaba.

Volví con las Hernández a su casa, pero era tal la impresión que Aureliana me había causado, que no podía apartar mi vista de su precioso rostro. Enseñada a que generalmente las demás mujeres la mirasen con envidia, la hermosa coqueta comprendió mi sencilla admiración, me la agradeció, y llamándome a su lado, me hizo mil cariños, halagándome con afectuosas palabras. Al tiempo de retirarse a su cuarto me llevó consigo, diciendo que me tomaba bajo su protección durante mi permanencia en Bogotá.

El cuarto estaba lujosamente amoblado. Sobre las mesas se veían los regalos que le habían enviado aquel día: joyas, vestidos, adornos costosos, piezas de vajilla, flores naturales y artificiales, frutas raras y exquisitas..., en fin, allí estaban los objetos más curiosos que se podían encontrar en Bogotá.

—¿Es hoy el cumpleaños de usted? -le pregunté admirada al ver tantos regalos.

—No -me contestó con aire de triunfo-. Mis sonrisas valen más que todo esto que me envían en cama uno de los que se me han acercado hoy, al comprender algún capricho mío, me ha querido complacer enviando lo que deseaba.

Un no sé qué de irónica y triste pasó por su lindo rostro al decir estas palabras, e instintivamente sentí que aquella existencia de vanidad me repugnaba.

Durante las dos semanas que permanecí en Bogotá estuve continuamente con Aureliana, y al tiempo de despedirme vi brillar una lágrima de sentimiento entre sus crespas pestañas. A pesar de los homenajes de todos los altos personajes de la República, de las fiestas que le daban y de los elogios que le prodigaban, la humilde admiración de una campesina despertó en su corazón un cariño sincero.

Me hallaba algunos años después en Tocaima con mi padre enfermo, cuando se supo que en esos días llegarían las Hernández. Éste fue un acontecimiento para todos los que estaban en el Pueblo. Aureliana se había enfermado ¡qué calamidad! Se dijo que el presidente le prestaría su coche para atravesar la Sabana y que los mejores caballos de la capital estaban a su disposición. En la Mesa le prepararon una silla de manos, por si acaso prefería ese modo de viajar. En fin, cuando se supo que llegaba la familia Hernández, salieron todos los principales habitantes del lugar a recibirla.

Les habían destinado la mejor casa de Tocaima, y cada cual envió cuanto creía que la enferma pudiese necesitar. Apenas supo Aureliana que yo estaba en el pueblo, me mandó llamar con mil afectuosas expresiones. La encontré pálida, pero bella como siempre. Aunque la acompañaba una comitiva bastante numerosa de jóvenes y amigas de Bogotá, gustaba mucho de mi compañía y pasábamos una gran parte del día juntas.

Una noche dieron en el pueblo un baile para festejar la reposición de Aureliana; pero ella al tiempo de salir, dijo que no se sentía bastante fuerte para concurrir al baile y que permanecería en su casa; y en efecto, me envió a llamar para que la acompañase aquella noche.

La halló sola en un cuartito que habían arreglado para ella con lo mejor que se encontró en el lugar. Una bujía puesta detrás de una pantalla esparcía su luz suave por la pieza, y en medio de las sombras se destacaba la aérea figura de Aureliana, que ataviada caprichosamente con un vestido popular, dejaba descubiertos sus brazos torneados y ocultaba en parte sus espaldas bajo un paño de linón blanco. Estaba recostada en una hamaca y apoyando la cabeza sobre el brazo doblado, con la otra mano acariciaba sus largas trenzas de cabellos rubios que hacían contraste con sus rasgados ojos negros y brillantes.

—¡Bienvenida, Mercedes! -dijo lánguidamente al verme-. Mi madre y mis hermanas se fueron al baile y no las acompañé porque estoy demasiado fastidiada para pensar en diversiones.

—¡Usted fastidiada! -exclamé.

—¿Y porqué no? ¿acaso no se encuentra siempre hiel en toda copa de dicha que apuramos hasta el fondo?

—¡Qué poética está usted esta noche!

—No soy yo; esa frase me la enseñó Gabriel el literato, uno de mis adoradores.

—Pero no debería usted ni en chanza quejarse de su suerte.

—No, no me quejo. He obtenido de los demás cuanto he querido... pero...

—¡Cómo! -exclamé- ¿no le basta aún tanta adoración, tanto amor como el que la rodea?

—Siéntate a mi lado, Mercedes -me dijo, tuteándome de repente-: no sé por qué tengo por ti tanta predilección -y añadió en voz baja-: será tal vez porque eres la única mujer (no exceptúo a mis hermanas) que no se ha mostrado envidiosa de mí... ¡Ah! -exclamó un momento después con tristeza-, ¡cuán poco fundamento tienen para ello!

Yo no sabía qué contestarle y guardé silencio.

—Dime -añadió-, ¿sabes lo que es amar?

Bajé los ojos sin contestar: sabía lo que era amar pero ese sentimiento lo guardaba en mi corazón como un secreto.

—¿No me contestas? No es una pregunta vana ni una curiosidad mujeril. Deseo saber la verdad... quisiera comprender lo que hay en otro corazón...

—Hace dos años -contesté-, que estoy comprometida a casarme, y nunca me ha pesado. Eso le bastará a usted para comprender que sé lo que es amar.

—Eres más feliz que yo entonces -repuso apoyando su mano afectuosamente sobre la mía-. Yo nunca he podido amar verdaderamente. Ésa es la herida secreta de mi alma. ¡Tengo cerca de treinta años y no sé lo que es amar con el corazón, con abnegación, con ternura! Mi vanidad ha sido halagada mil veces: mi imaginación se ha entusiasmado; pero mi corazón no ha sabido, no ha podido amar sinceramente. Nunca me ha ocurrido olvidarlo todo por el objeto amado: nunca he encontrado tranquilidad ni completa dicha al lado de uno solo. Me dicen que amar es vivir pensando siempre en el ser predilecto, asociándolo a todos los momentos de nuestra vida, siendo su nombre la primera palabra al despertar, y siendo él nuestro último pensamiento al dormirnos... Amar debe de ser vivir en un mundo aparte, sintiendo emociones inefables de suprema ternura... Dime, ¿es así como amas?

—Ha descrito usted mis más íntimos sentimientos. Pero añadí-, amar es también sufrir ¿no es usted más feliz con su tranquilidad?

—No, hija mía: hay más dicha en amar que en ser amado, me ha dicho muchas veces Vicente el poeta, y lo creo. Tenía yo apenas catorce años cuando por primera vez comprendí que mi belleza inspiraba amor y avasallaba. Encantada, creí corresponder durante algunos días ¡pobre Mariano! La ilusión pasó al momento que otro de mejor presencia se me acercó. Creí haberme equivocado en mi primer afecto y lo rechacé para acoger al segundo. Pero sucedió lo mismo con éste y los demás. Para entonces sabía el precio de mi palabra más insignificante, de mis miradas más vagas y, te lo confieso, me hice coqueta con el corazón vacío y la imaginación ardiente. La sociedad entera estaba a mis pies: ninguna mujer podía competir conmigo. Las palabras de adoración que oía no causaban impresión en mi corazón: las recibía con frialdad, pero las contestaba con fingida ternura.

Instintivamente me aparté del lado de Aureliana. Esta mujer tan fría y tan hermosa me horrorizaba. Su corazón parecía una de aquellas cumbres nevadas a cuya cúspide nunca han logrado llegar los viajeros.

—Una vez -continuó, sin cuidarse de mi movimiento de repulsión-, una vez comprendí que en el círculo de admiradores que me rodeaban había un joven que criticaba mi modo de ser y que no sentía por mí ninguna admiración. Esto me chocó al principio y me dolió al fin. Fernando, así se llamaba, se manifestaba siempre serio y severo conmigo y aun a veces tuvo la audacia de censurarme. Su frialdad delante de mí y sus improbaciones me causaron tanto disgusto, que decidí conquistarlo a todo trance. Sin manifestárselo claramente desplegué para él todas mis artes, mostrándome tan afectuosa, que pronto vi que le habían hecho mella mis atenciones; pero aunque sus modales eran los de un hombre galante, no se manifestaba enamorado. Si no lo venzo, pensé, es un hombre superior y digno de un afecto verdadero. Sin embargo, Fernando no buscaba mi sociedad con preferencia, aunque ya no me censuraba como antes; y afectaba hablar delante de mí de la belleza de otras mujeres. Desgraciadamente mi carácter no es constante, y mi entusiasmo que sólo dura un momento, cede ante cualquiera dificultad. No hubiera querido verlo a mis pies, pero no consentía mi amor propio que admirara a otras mujeres. Mientras tanto nuevas conquistas y diversiones ocuparon mi pensamiento y olvidé el noble propósito, apenas formado, de gozar con un amor secreto aunque no fuera correspondido.

—¡Qué carácter tan extraño tiene usted! pero continúe; ¿que se hizo Fernando?

—Lo vas a oír. Hace algunos meses el Libertador dio un baile en una quinta en los alrededores de Bogotá. La noche estaba lindísima y la luna iluminaba los jardines. Fatigada del ruido y deseosa de encontrarme sola para leer una carta que se me había entregado misteriosamente, me escapé de la casa sin ser vista, y me dirigí hacia un pabellón situado en el fondo del jardín, en donde sabía que hallaría luz y soledad. Envuelta en un grueso pañolón que me escudaba del frío de la noche, atravesé prestamente el jardín y tomé una senda sombreada por arbustos, y cortada por un arroyo que bajaba resonante del vecino cerro. El contraste del ruido, las luces, la armonía y la agitación de un baile con el tranquilo paisaje que atravesaba, me predispuso a una melancolía vaga muy extraña a mi carácter. Una lámpara colgada del techo iluminaba el pabellón: al llegar a él me dejé caer sobre un sofá y se me escapó un suspiro. Otro suspiro hizo eco a mi lado, y volviéndome hacia la puerta vi que un caballero estaba ahí en pie. Disgustada del espionaje impertinente iba a reconvenir al que había interrumpido mi soledad, cuando éste desembozándose descubrió la pálida e interesante fisonomía de Fernando.

—¿Fernando -dije-, es usted?

—Tiene usted razón de admirarse, Aureliana: no debía hallarme aquí -dijo; y tomándome la mano, que instintivamente le alargaba, imprimió sus labios en ella.

—¿Para qué luchar más? -añadió sentándose a mi lado-; ¿para qué fingir despego cuando no puedo menos que adorarla?

No sé si el corazón de todas las mujeres es igual al mío; pero en vez de sentirme dichosa con mi antes anhelada conquista, mi corazón permaneció tranquilo e indiferente. La desilusión más profunda se apoderó de mí al comprender que no era capaz de amar al único hombre que tanto había admirado; y en lugar de contestarle como hubiera hecho a otro cualquiera, bajé la cabeza en silencio y con amargura pensaba que todos los hombres son iguales puesto que basta lisonjear su vanidad para verlos rendidos.

Fernando me refirió entonces la historia de su amor. Me confesó que cuando me había conocido, primero sintió hacia mí cierta repulsión y odio, y miraba con desdén a todos los que se me humillaban; pero que el deseo que le manifestó de oír sus consejos y de agradarle, en lugar de resentirme por sus censuras, lo había sorprendido y poco a poco su odio fue cambiándose, en un afecto verdadero que se convirtió en amor violento. Disgustado y humillado al comprender que no tenía fuerza para defenderse, había luchado largo tiempo por vencer su inclinación, y al fin determinó huir de mí y me había hecho entregar sigilosamente una carta aquella noche. Era una tierna despedida.

Logré que Fernando no partiera. Deseaba despertar en mi corazón aquel interés que había creído sentir por él en un tiempo. ¡Amar debe de ser tan bello! Pronto el mismo Fernando descubrió que yo misma procuraba engañarme y que nunca podría amarlo. Sentía sin embargo perder un corazón tan noble y quise convencerlo de que lo amaba, pero él no se engañó, y se despidió de mí resignado y triste, bien que sin manifestarse herido en su amor propio. Hace un mes supe que había muerto en Cartagena en un duelo por causa mía, defendiéndome de las calumnias que propagaba contra mí un oficial a quien había desdeñado. Esta muerte, me causa a veces remordimientos. ¿Pero qué culpa tengo si no lo podía amar? Nunca le dijo que no le correspondía...

—En eso estuvo el error.

—Tal vez; pues me decía que mis miradas y mis expresiones de cariño le habían hecho concebir esperanzas, y creía por momentos que no lo miraba con indiferencia. Sin esa idea jamás me hubiera amado.

—¡Pobre joven! -exclamé.

—No digas eso -contestó Aureliana con amargura-. El que ama está recompensado con el grato sentimiento que lo anima. Algunas veces me he sentido inspirada por ráfagas, desgraciadamente pasajeras, de una ternura que me ha henchido el corazón, ennoblecido el alma y llenándome de bellos pensamientos. ¡Pero cuán cortos han sido estos instantes! He pasado mis días buscando con ahínco el amor, único objeto de la vida de una mujer, pero en su lugar sólo he hallado desengaños y vacío. No creas que la coquetería que me tachan, quizás con razón, es el fruto de un corazón pervertido; no lo creas: es que busco en todas partes un ideal que huye de mí incesantemente.

El lenguaje escogido, aunque sin verdadera profundidad de ideas que distinguía a Aureliana, la hacía en extremo agradable, pero no sabía hablar con elocuencia sino de sí misma.

De vez en cuando llegaba hasta nuestros oídos el eco lejano de la música del baile a que Aureliana había rehusado concurrir. Sacó su reloj (objeto raro en aquel tiempo) que pendía de una gruesa cadena que llevaba al cuello; eran las doce de la noche.

—Esta noche no podré dormir -dijo suspirando-. La conversación que hemos tenido me ha causado suma tristeza y me ha recordado escenas que quisiera olvidar. Fernando no es el único que se ha perdido por causa mía...

—¡Qué alegres y triunfantes estarán mis hermanas y mis amigas sin mi presencia esta noche! -exclamó un momento después, poniéndose en pie y mirándose en un espejo que tenía a la cabecera de su cama-. Mejor hubiera sido emplear nuestro tiempo en el baile. ¿Quieres ir? ¡Qué! -añadió, viendo la seriedad con que yo acogía una propuesta tan descabellada-, ¿te has impresionado con mi charla sentimental? ¡Bah! eso es pasajero. ¡Ven al baile!

—¿Yo presentarme a esta hora? ¡imposible!

—Mandaremos llamar quien nos acompañe.

—No puedo, no quiero. Perdóneme usted, pero...

—No te quiero obligar -me contestó-. Yo iré; mi sistema consiste en no dejarme llevar nunca por la tristeza, y a todo trance combatirla.

No quiso ponerse adorno ninguno. Soltó su rubia cabellera, se ató una cinta azul al derredor de la cabeza, se envolvió graciosamente en un chal del mismo color, y llamando a un negro esclavo le mandó que llamase quien la fuese a acompañar al baile.

Mientras llegaban los amartelados ansiosos de obedecer su orden, me hizo acostar en su cama y se despidió afectuosamente de mí al partir. Quedeme aterrada con las revelaciones que me había hecho y admirada de los caprichos de aquella mujer tan extraña y... tan infeliz.

Al cabo de pocos días la familia Hernández regresó a Bogotá; y se pasaron cerca de treinta años sin que yo volviese a ver a Aureliana, ni tener de ella sino vagas noticias de que no hice caso.

II

La vejez

Al fin me casé, mis hijos crecieron y a su vez me rodearon de nietos.

Veía mi juventud en lontananza, como un suelo que pasó; pero estaba satisfecha con mi humilde suerte.

Descansaba una tarde sentada a la puerta de mi casa. El día había sido muy caluroso haciendo apetecible la sombra de los árboles que refrescaban mi alegre habitación. De repente veo salir de la posada del pueblo a una señora anciana, inclinada por la edad y las dolencias y apoyándose en el brazo de un negro viejo. Después de vacilar un momento y siguiendo la dirección que el negro le indicó, se dirigió hacia mí con suma lentitud y trabajo.

Al llegar al sitio en que yo estaba, se detuvo y con voz apagada y triste me dijo:

—¿Me conoces Mercedes?

—No, no recuerdo...

—¿Pero tal vez no habrás olvidado a Aureliana Hernández? ¿no es cierto?

—¡La señora Aureliana! ¿acaso?...

—¡Soy yo!

La miré llena de asombro. No le había quedado la menor señal de su singular belleza. Parecía tener más de setenta años: la cutis ajada por los afeites, y acaso también por los sufrimientos, estaba arrugada y amarillenta: los ojos, tan brillantes en la juventud, ahora turbios y enrojecidos; el cuerpo agobiado y el andar lento y trabajoso, indicaban que las penas de una larga enfermedad la habían envejecido aún más que el trascurso de los años.

Inmediatamente la hice entrar y recordando el cariño que me tuvo en otro tiempo, le prodigué cuantos cuidados pudo, procurando hacerle olvidar el aislamiento en que la encontraba. No me atrevía a preguntarlo por su familia que abandonaba así en la vejez a mujer que había sido tan contemplada en su juventud.

Indagando el motivo que la había traído a *** me contestó:

—Mis enfermedades, y la orden de los médicos.

—¿Y la familia de usted está en Bogotá?

—Sí; allí están todos.

—¿Y la hija de usted por qué no la acompaña?

—La pobre -dijo con una sonrisa de resignación-, en vísperas de casarse, y no era justo que abandonase a su novio para venirse al lado de una inválida como yo.

—¿Y el señor N*** su esposo?

—El clima cálido le hace daño.

—¿Y sus dos hijos?...

—Sus negocios les impiden salir al campo. Pero vino acompañándome el negro, el mismo esclavo que conocerías en casa, y el único que comprende y soporta mis caprichos; él nunca me ha querido abandonar a pesar de ser ya libre.

Un antiguo esclavo fiel era el único y el último apoyo que le había quedado a aquella mujer tan festejada. Se me apretaba el corazón al oírla, y se me llenaron los ojos de lágrimas al contemplar una vejez tan triste después de una juventud tan brillante.

Aureliana permaneció un mes en mi casa, atendida, me dijo, como no se veía hacía mucho tiempo. En las largas conversaciones que tuvimos comprendí que la segunda parte de su vida había sido una terrible expiación de la loca vanidad de la primera. Poco a poco me fue descubriendo los secretos más dolorosos de su vida.

Casada hacia el fin de su juventud con un hombre a quien ella no amaba, y de quien no era amada, pronto descubrió que él sólo había querido especular con su riqueza, y notó con terror que su belleza desaparecía paso a paso. Sin educación esmerada, sin instrucción ninguna, al perder esa hermosura que era su único atractivo, los admiradores fueron abandonándola sucesivamente. Veía con afán que su presencia no causaba ya emoción y que las miradas de los concurrentes a las fiestas a que asistía no se fijaban en ella. Deseosa entonces de abandonar el teatro de sus primeros triunfos, acompañó a su esposo con gusto a los Estados Unidos; pero allí se vio aún más desdeñada. Desesperada procuró hacer mil esfuerzos para recuperar su perdida hermosura, y pasaba largas horas delante de su espejo adornándose con todo el arte que una experiencia consumada le había enseñado. Ocasión hubo en que su espejo le hacía ver de nuevo la Aureliana de su juventud, y llena de ilusiones y colmada de esperanzas se presentaba en las fiestas y los bailes, ¡pero los demás la miraban como se mira a una ruina blanqueada y pintada! Otras, no muy bellas pero más jóvenes, se llevaban la palma.

¡Cuántos y cuán crueles desengaños tendría aquella pobre mujer, que había fincado su vida en sus atractivos personales! Sufría momentos de postración en que pedía a Dios la muerte más bien que dejar de ser admirada.

En esas luchas, en este afán pasó algunos años antes de llegar a persuadirse de la inutilidad de sus esfuerzos. Las aguas, los polvos y los cosméticos con que procuró hacer revivir su perdida frescura aniquilaron los restos de su colorido y mancharon lo albo de su tez; las enfermedades apagaron antes de tiempo el brillo de sus ojos y destruyeron su hermosa cabellera, y por añadidura las lágrimas, los desengaños y las penas domésticas acabaron con el último resto de su singular belleza.

Durante la niñez de sus hijos éstos se habían visto abandonados por la madre, que perseguía sus últimos triunfos; y así perdió ese primer cariño filial tan puro y tan bello. Por otra parte, las palabras desdeñosas del señor N*** habían hecho nacer en el corazón de esos niños un sentimiento de completa indiferencia hacia su madre desamada y poco respetada.

Cuando al fin Aureliana se convenció de que habían pasado los últimos arreboles de vanidad mundana, se volvió hacia sus hijos; pero éstos recibieron con disgusto sus expresiones de cariño, creyeron que era uno de los muchos caprichos pasajeros de que su padre la acusaba diariamente, y llenos de frialdad no le hicieron caso.

Aureliana era, en efecto, impertinente y caprichosa, resultado natural e infalible, de su mala educación y de la vida que había llevado en su juventud. Para consolarse de sus desgracias presentes, no dejaba de hablar de su antigua belleza y de los triunfos de su juventud, añadiendo así al vacío de ideas la locuacidad ridícula, y la ruina de su carácter de madre a la ruina de su belleza de cortesana.

Continuamente enferma, su familia la envió a que cambiase de clima, acompañada solamente por el negro. Después de haberse visto adorada en su juventud por cuantos se le acercaban; después de acostumbrarse a que todos se inclinasen ante su más leve capricho y que su menor indisposición fuese una calamidad pública, ahora, cuando se encontraba realmente enferma y débil, se veía abandonada hasta por los que tenían el deber de procurarle comodidades.

No hace mucho que Aureliana murió en Bogotá olvidada y no llorada. En medio de sus sufrimientos, me dicen que todavía hablaba de sus antiguos triunfos y de su belleza. La vanidad y los mundanos recuerdos de sus primeros años la acompañaron hasta las puertas de la tumba, cuya proximidad no le sugirió un solo pensamiento serio. Murió como había vivido: sin acordarse de su alma; ¡tal vez ignorando que la tenía!

Este episodio me fue referido no ha mucho por una venerable matrona de ***, y esto me ha probado una vez más, cuán indispensable es para la mujer una educación esmerada y una instrucción sana, que adorne su mente, dulcifique sus desengaños y le haga desdeñar las vanidades de la vida. Los comentarios y las reflexiones son inútiles aquí: la lección se comprende solamente con referir los hechos, harto verdaderos para bochorno de lo que afrancesadamente solemos llamar «sociedad de buen tono".

La protesta de la musa

José Asunción Silva

En el cuarto sencillo y triste, cerca de la mesa cubierta de hojas escritas, la sien apoyada en la mano, la mirada fija en las páginas frescas, el poeta satírico leía su libro, el libro en que había trabajado por meses enteros. La oscuridad del aposento se iluminó de una luz diáfana de madrugada de mayo; flotaron en el aire olores de primavera, y la Musa, sonriente, blanca y grácil, surgió y se apoyó en la mesa tosca, y paseó los ojos claros, en que se reflejaba la inmensidad de los cielos, por sobre las hojas recién impresas del libro abierto.

—¿Qué has escrito? -le dijo.

El poeta calló silencioso, trató de evitar aquella mirada, que ya no se fijaba en las hojas del libro, sino en sus ojos fatigados y turbios...

—Yo he hecho -contestó, y la voz le temblaba como la de un niño asustado y sorprendido-, he hecho un libro de sátiras, un libro de burlas en que he mostrado las vilezas y los errores, las miserias y las debilidades, las faltas y los vicios de los hombres. Tú no estabas aquí... No he sentido tu voz al escribirlos, y me han inspirado el Genio del odio y el Genio del ridículo, y ambos me han dado flechas que me he divertido en clavar en las almas y en los cuerpos, y es divertido... Musa, tú eres seria y no comprendes estas diversiones; tú nunca te ríes; mira: la flechas al clavarse herían, y los heridos hacían muecas risibles y contracciones dolorosas; he desnudado las almas y las he exhibido en su fealdad, he mostrado los ridículos ocultos, he abierto las heridas cerradas; esas monedas que ves sobre la mesa, esos escudos brillantes son el fruto de mi trabajo, y me he reído al hacer reír a los hombres, al ver que los hombres se ríen los unos de los otros. Musa, ríe conmigo... La vida es alegre...

Y el poeta satírico se reía al decir esas frases, a tiempo que una tristeza grave contraía los labios rosados y velaba los ojos profundos de la Musa.

—¡Oh profanación! -murmuró ésta, paseando una mirada de lástima por el libro impreso y viendo el oro-, ¡oh profanación!, ¿y para clavar esas flechas has empleado las formas sagradas, los versos que cantan y que ríen, los aleteos ágiles de las rimas, las músicas fascinadoras del ritmo? La vida es grave, el verso es noble, el arte es sagrado. Yo conozco tu obra. En vez de las pedrerías brillantes, de los zafiros y de los ópalos, de los esmaltes policromos y de los camafeos delicados, de las filigranas áureas, en vez de los encajes que parecen tejidos por las hadas y de los collares de perlas pálidas que llenan los cofres de los poetas, has removido cieno y fango donde hay reptiles, reptiles de los que yo odio. Yo soy amiga de los pájaros, de los seres alados que cruzan el cielo entre la luz, y los inspiro cuando en las noches claras de Julio dan serenatas a las estrellas desde las enramadas sombrías; pero odio a las serpientes y a los reptiles que nacen en los pantanos. Yo inspiro los idilios verdes como los campos florecidos y las elegías negras como los paños fúnebres donde caen las lágrimas de los cirios... Pero no te he inspirado. ¿Por qué te ríes? ¿Por qué has convertido tus insultos en obra de arte? Tú podrías haber cantado la vida, el misterio profundo de la vida; la inquietud de los hombres cuando piensan en la muerte; las conquistas de hoy; la lucha de los buenos; los elementos domesticados por el hombre; el hierro, blando bajo su mano; el rayo, convertido en esclavo; las locomotoras, vivas y audaces, que riegan en el aire penachos de humo; el telégrafo, que suprime las distancias; el hilo por donde pasan las vibraciones misteriosas de la idea. ¿Por qué has visto las manchas de tus hermanos? ¿Por qué has contado sus debilidades? ¿Por qué te has entretenido en clavar esas flechas, en herirlos, en agitar ese cieno, cuando la misión del poeta es besar las heridas y besar a los infelices en la frente, y dulcificar la vida con sus cantos, y abrirles, a los que yerran, abrirles, amplias, las puertas de la Virtud y del Amor? ¿Por qué has seguido los consejos del odio? ¿Por qué has reducido tus ideas a la forma sagrada del verso, cuando los versos están hechos para cantar la bondad y el perdón, la belleza de las mujeres y el valor de los hombres? Y no me creas tímida. Yo he sido también la Musa inspiradora de las estrofas que azotan como látigos y de las estrofas que queman como hierros candentes; yo soy la musa Indignación que les dictó sus versos a Juvenal y al Dante; yo inspiro a los Tirteos eternos; yo le enseñé a Hugo a dar a los alejandrinos de los Castigos, clarineos estridentes de trompetas y truenos de descargas que humean; yo canto las luchas de los pueblos, las caídas de los tiranos, las grandezas de los hombres libres... Pero no conozco los insultos ni el odio. Yo arrancaba los cartelones que fijaban manos desconocidas en el pedestal de la estatua de Pasquino. Quede ahí tu obra de insultos y de desprecios, que no fue dictada por mí. Sigue profanando los versos sagrados y conviértelos en flechas que hieran, en reptiles que envenenen, en Inris que escarnezcan; remueve el fango de la envidia; recoge cieno y arrójalo a lo alto, a riesgo de mancharte; tú, que podrías llevar una aureola si cantaras lo sublime, activa las envidias dormidas. Yo voy a buscar a los poetas, a los enamorados del arte y de la vida, de las Venus de mármol que sonríen en el fondo de los bosques oscuros y de las Venus de carne que sonríen en las alcobas perfumadas; de los cantos y de las músicas de la naturaleza, de los besos suaves y de las luchas ásperas; de las sederías multicolores y de las espadas severas. Jamás me sentirás cerca para dictarte una estrofa. Quédate ahí con tu Genio del odio y con tu Genio del ridículo.

Y la Musa grácil y blanca, la Musa de labios rosados, en cuyos ojos se reflejaba la inmensidad de los cielos, desapareció del aposento, llevándose con ella la luz diáfana de alborada de mayo y los olores de primavera, y el poeta quedó solo, cerca de la mesa cubierta de hojas escritas. Paseó una mirada de desencanto por el montón de oro y por las páginas de su libro satírico, y con la frente apoyada en las manos sollozó desesperadamente.

Más fuerte que la muerte

Eduardo Castillo

Todos los que conocimos en la intimidad a Luis de Guevara—el inquietante y sibilino poeta del misterio y del más allá—guardamos indeleblemente grabado en la memoria, a pesar del tiempo y de la muerte, el recuerdo de su cuerpo cenceño y elegante; sus ojos de un matiz indefinible—entre verde y azul;—su boca de fino caballero contemplativo que solía plegarse en una sonrisa de desdén melancólico, y sobre todo, de sus manos, manos de una incomparable belleza que pregonaban por sí solas la estirpe prócer de su dueño. Dotado de una seducción imperiosamente suave—con que placíale cautivar a las personas que le eran agradables—había muchas, sin embargo, a quienes su cortesía glacial y la mirada inquisidora de sus ojos, causábanles una extraña impresión de desagrado y alejamiento. Esa impresión acentuábase, si cabe, en las mujeres, a quienes la presencia de mi amigo dábales un inexplicable calofrío de miedo lo cual no impidió que muchas de ellas—las más hermosas quizás—pasasen inopinadamente de una intensísima repulsa a una pasión incontrastable por él. Luis, empero, no correspondió nunca a los amores que había despertado involuntariamente y vivía solo, sin más compañía que la de dos viejos servidores de la suntuosa mansión que heredar a de sus abuelos, y cuyos salones estaban atestados de maravillosos objetos de arte: estofas rameadas de oro y plata, vasos de bronce primorosamente cincelados, aldos y elzevires de inaudito valor, cofres de marfil de finísima taracea y panoplias de armas raras. Por mucho tiempo, sus amigos alimentamos la esperanza de que Luis completase su ventura con el amor de una mujer digna de su mano, y aun le aconsejamos varias veces que contrajese matrimonio. Pero él respondía siempre a nuestra s palabra s con una sonrisa infinitamente delicada y triste, una sonrisa que no he vuelto a ver en otra boca humana y que le daba a su faz un irresistible encanto impregnado de vaga melancolía...

Aquel desasimiento de todo afecto femenino y la rigurosa castidad en que vivía nuestro amigo—castidad que fue muchas veces objeto de glosas y aun de pullas por parte de algunos calaveras de nuestra alegre comparsa juvenil—, dieron pie a que se formasen en torno de la personalidad de Luis de Guevara las más absurda s leyendas. A la propagación de ellas, fuerza de confesarlo — contribuyeron en gran parte los versos de nuestro amigo, en los cuales parecía revivir la inspiración cabalística del poeta brujo Estanislao de Guaita, y un vago rumor de que Luis estaba entregado a las ciencias herméticas. Sea lo que fuere, era evidente para todos nosotros que en la vida íntima de nuestro amigo había un misterio que pugnábamos por descifrar. Más ¿cómo conseguirlo? Luis de Guevara, por coquetería de gran señor, rehuía siempre hablar de sí mismo, y ninguno de sus familiares podía ufanarse de haber descorrido el espesísimo velo que ocultaba su existencia a las miradas indiscretas.

Al fin, sin embargo, un insólito y conmovedor episodio vino a ponerme en posesión de la ansiada clave del enigma: una joven célebre por su belleza e hija de un conocido banquero, enamoróse de Luis con una de aquellas pasiones fulmíneas que cambian el curso de toda una existencia. Confidente de uno y otra, tocóme ser testigo del afecto puro y ardiente de ella y del despego compasivo de él. Todo el mundo conoce el desenlace de esa triste historia: la joven desesperóse al ver que su amor no era correspondido y fue a ocultar su desdicha en un convento. Por lo que atañe a mi amigo, era un ser demasiado noble para no sentir el punzante dolor de haber causado— aunque involuntariamente— la desventura de un corazón de mujer. Cierta vez en que yo,—sin sospechar que la lastimaba en lo más íntimo de su alma—le dirigía afectuosos reproches por su dureza, miróme largamente, y con una expresión de solemnidad que nunca le había conocido:

—¿Quieres saber—me dijo—la razón de lo que tu llamas mi ¡crueldad? Ven el domingo por la noche a mi casa, y te la diré. Pero antes has de jurarme que, hasta después de mi muerte, no dirás una palabra de lo que voy a revelarte.

Se lo juré, y nos despedimos para no volver a vernos hasta la noche de la cita. A la hora convenida, apersonóme a la vivienda de mi amigo. En la puerta, esperaba un sirviente que me condujo a un vasto salón octagonal cuyos muros estaban cubiertos de ricos tapices de terciopelo negro brochado de oro, y alumbrado por una enorme lámpara de bronce, de aspecto eclesiástico, cuya dudosa claridad les daba a las cosas no sé qué vaguedad de fantasmas que acechasen en la sombra. Suspendido de uno de las muros, y enmarcado de ébano, veíase el retrato de una joven, casi de una niña de catorce o quince años y de tan prodigiosa belleza, que durante largo rato no pude separar los ojos del lienzo. Pintada de tres cuartos, bajo la copiosa cabellera rubia, castamente partida en dos sobre la frente angelical, diseñábase el fino perfil, evocador de esas antiguas medallas siracusanas que guardan en su periferia la armonía de una faz de virgen. Mas lo que más pasmo causóme por la sobrenatural expresión de vida que irradiaba de ellos fueron los ojos-, unos ojos llenos de luminosidades de inocencia y de esa conmo precoz melancolía que suele advertirse en la mirada de los que un pensador moderno llama los "prevenidos"; de los seres que llevan en el espíritu el presentimiento confuso de que han de morir temprano...

—Muchas veces—empezó Luis con esa voz de timbre armonioso y como velado por una sordina que era uno de sus más irresistibles encantos—muchas veces mis amigos me han preguntado el motivo de que yo, en plena juventud, rico y heredero de un nombre preclaro, huya del amor y viva como un cenobita en la soledad de esta vieja mansión. Y en realidad esa conducta sería absurda y revelaría cuando menos una misantropía incurable, si no estuviese respaldada por una razón profunda. Desgraciadamente, la que inspira mis actos es de un género tal, que si la diese al vulgo me motejaría sin duda de loco o de visionario. Por eso la he guardado con cautela, y sólo la triste circunstancia que todos conocen, me obliga a depositarla en el corazón de un amigo leal.

Héla aquí. Como tú sabes, me eduqué en la Universidad de Oxford, donde permanecí hasta los diez y ocho años, repartiendo mi tiempo entre el estudio y los deportes físicos, a los que tenía grande afición, a pesar de que siempre he sido de mí un tanto indolente y contemplativo. Ese peculiar matiz de mi carácter acentuóse con la estada en un país norteño y brumoso en que todo parece convidar ia la inacción y al ensueño. No lejos de la Universidad y en un ameno ribazo—adonde solía prolongar mis excursiones de estudiante con un texto de Homero bajo el brazo,—vivía en una risueña casita de campo, rodeada de venerables castaños, un anciano pastor protestante, viudo y con dos hijas. Aquel hogar me hacía recordar siempre, por sus virtudes puritanas y sencillas, los tiernos idilios patriarcales del libro de Goldsmith. De las muchachas, la mayor llamábase Betsy, la menor Lea, y ambas eran hermosas, con esa hermosura hecha de rosas y leche de las jóvenes de raza britana.

Gracias a esa inocente familiaridad que existe en Inglaterra entre los adolescentes de uno y otro sexo, híceme pronto amigo de ellas y solía acompañarlas en sus largos devaneos por los campos vecinos. Vestidate con delgadas muselinas y tocadas con enormes sombreros de paja adornados con ancianos y amapolas, difundían en torno suyo no sé qué hálito de frescura y juventud. La belleza de Lea era menos llamativa que la de su hermosura, pero en cambio tenía un hechizo de suavidad y melancolía que faltábale a la de Betsy. Esa discrepancia acentuábase en los caracteres: al paso que la mayor era aficionada a los deportes, a los atavíos y a la danza, la menor huía de la sociedad y agradábala pasar el tiempo en el retiro de su hogar entregada a la música, a la lectura de los versos de Wordsworth y demás poetas laquistas—que eran sus bardos predilectos—o simplemente a sus sueños, como si ningún halago terreno la llamase la atención. Ignoro si fue cierta conformidad de gustos e ideas lo que unió nuestras almas, pero lo cierto es que nos amamos con todo el fervor y la ingenuidad del primer cariño, con un culto tanto más hondo y casto cuanto no necesitaba palabras para expresarse. El pastor acabó también por cobrarme afecto y me ofreció su hogar, donde tuvimos inolvidables reuniones, muchas de ellas dedicadas a la lectura. Recuerdo que Lea y yo nos complacíamos en charlar acerca de la filosofía espiritualista y de las novísimas investigaciones de la ciencia metafísica respecto de ese más allá de la tumba, de ese país de la eternidad y el misterio de donde—según la expresión de Shakespeare—no volvió jamas ningún viajero... Lea tenía una certidumbre absoluta, casi infantil, no sólo en la supervivencia del alma sino también de lo que Leibnitz llama *principium individuationis* y esta creencia colmaba su corazón de alborozo, porque— decía—nuestro amor no acabaría aquí en la tierra y se perpetuaría en mundos más felices y hermosos.

Cierto día, al llegar a casa del pastor advertí en la actitud de los criados una ansiedad que puso en mi corazón un atroz presentimiento. Cuando penetré al salón en que se hallaban el anciano y Betsy, ambos con los ojos llorosos, ya sabía la tremenda verdad. Lea había sido víctimla de un síncope, y el pañuelo con que se enjugara la boca estaba manchado de sangre... Las palabras que uno de los criados me susurrara al entrar vibraban todavía en mi cerebro como un eco fatídico.

—¡El mismo mal que mató a la madre en la flor de la vida!

A fuerza de solícitos cuidados, sin embargo, logróse volver a la enferma un poco de fuerza vital.

Pero las rosas desaparecieron de sus mejillas, y su cuerpo se tornó tan diáfano y ligero que la luz parecía pasar a través de él. Cuando llegaba a sonreír, su sonrisa melancólica y lejana era la sonrisa de los que ya nada esperan de la vida. Cierto día en que se paseaba apoyada en mi brazo por el jardincito de la casa paterna, y en una dorada tarde de otoño en que todo parecía armonizar delicadamente con su belleza, ya sublimada por la aproximación de la muerte, me dijo con una voz tan musical y profunda que me hizo estremecer:

—¿Verdad que no me olvidarás? Pero no, eso es imposible, porque yo estaré a tu lado continuamente aun deispués de irme, como una esposa fiel. Las puertas de ls tumba prevalecerán contra nuestro amor.

Cubrí de besos y de lágrimas sus manecitas pálidas y respondía a sus palabras con una mirada que era más que un juramento... Días después, la boca que me las dijera, estaba sellada por el sello infrangible de la muerte!

No sé cómo tuve energía para resistir al formidable golpe. Después de haberla acompañado hasta su postrer morada, y de haber orado largo rato sobre la tierra que cubría sus despojos, retorné a la Universidad, encerréme en mi aposento y díle rienda suelta a mi desesperación. Mi sólo compañero era un gato de Angora, de sedoso pelaje blanco y de ojos de esmeralda estriados de oro, que Lea me había regalado recién nacido y que me servía de distracción en mis largas veladas de estudiante.. Con un ronroneo muy suave restregóse contra mis piernas, y luego, como si lo sorprendiese mi inacostumbrada actitud triste, clavó en mí sus pupilas, en que se revelaba un alma rudimentaria pero quizás inteligente. La noche iba entrando, un criado penetró en la estancia, encendió la lámpara colocada sobre mi mesa de estudio y volvió a salir silenciosamente, cerrando la puerta tras sí...

Agobiado por amargos recuerdos, me sumí en la lectura de mis textos con el propósito de buscar en el estudio un instante siquiera de olvido a mi desventura. En esa actitud, sombría y meditabunda, me sorprendió la media noche. Hasta mis oídos llegaron, en alas de la brisa, las campanadas del caduco reloj de la Universidad. Aquel tañido crispante y enfático evocaba ese son de los relojes de las leyendas que convocan a las brujas a sus reuniones sabíticas y anuncian la aparición de los fantasmas... No bien hubo expirado en lontananza la última campanada, cuando comencé a experimentar una impresión de indefinible desasosiego, semejante a la de quien, creyéndose solo y no habiendo percibido ningún signo revelador de la aproximación de un ser humano, siente, sin embargo que hay alguien tras él, que lo contempla fijamente. Estaba yo en uno de aquellos instantes de acuidad hiperfísica, quizás podría decirse mediúmnica, en que nuestras antenas espirituales perciben los más tenues mensajes de lo arcano e invisible. No obstante, atribuí aquella impresión al estado de eretismo nervioso en que me hallaba y resistí a la tentación de volver la cabeza. ¿No habría sido aquello una puerilidad sabiendo, como sabía que estaba completamente solo en una habitación cerrada? Un miedo sutil, de orden metafísico, iba, sin embargo apoderándose de mí, y hubo un instante en que la misteriosa sensación de una presencia extraña cobra tal intensidad que, con un calofrío de espanto, giré la vista en torno mío... Nadie... Nada... Ni el más ligero rumor se escuchaba en el aposento donde las sombras de los muebles se alargaban espectralmente a la vaga claridad de la lámpara. No había nadie... Y sin embargo, la sensación de que alguien estaba cerca de mí, llegó a asumir para mi espíritu—ni yo mismo sabré decir por qué—una evidencia superior a la que procura el propio testimonio de los sentíidos. Una vez más, probé a domeñar el tumulto de mis pensamientos y a sumirme en la lectura, cuando me llamó la actitud de mi gato de Angora. Sentado sobre las, patas traseras, en actitud esfíngica, clavaba con inquietante tenacidad sus ojos de fósforo verde en un punto de la estancia. ¿Qué veía el animal brujo? ¿Qué fantasma, invisible para mí atraía sus ojos noctílucos, habituados a horadar las tinieblas de la noche? A todas estas interrogaciones obsesionantes, mi espíritu respondía con un nombre, un nombre adorado que ni siquiera me atrevía a prenunciar: Lea!... Lea!.. . Lea!

Desde aquella trágica noche, no he dejado de sentir ni un sólo instante la obsesión de esa compañía invisible. Es algo como un perfume que, sin ocupar sitio, llena todos los lugares en que me hallo. Al principio, creí ser juguete de una de aquellas alucinaciones que se observan en los seres demasiado sensitivos y nerviosos. Pero con el tiempo, se impuso a mi espíritu, con irresistible imperio, la certeza de que un ente angélico me acompaña en cada uno de los pasos que doy sobre la tierra: la certeza de que el amor puede triunfar sobre la muerte.

Hé ahí por qué vivo aparentemente solo y por por qué me son indiferentes las pasiones terrenas.

Mi amigo hizo una pausa y clavó los ojos en el retrato enmarcado de ébano. Luego, volviéndose hacia mí y colocando en mi hombro su diestra fina y larga, susurró a mii oído con una voz llena de misterio:

—Ahora mismo, ella se encuentra aquí, a mi lado.

Involuntariamente, giré los ojos en torno mío, pero no vi ni escuché nada... No obstante, me pareció que, bajo el fulgor mortuorio de la lámpara de bronce, la virginal figura perpetuada en el lienzo por el sortilegio del arte, cobraba una vida sobrenatural...

Estremecido por un hálito de misterio, le tendí la mano a mi amigo, y sin pronuinciar una sola palabra, salí de la solitaria mansión.

Años después, supe que Luis de Guevara había miuerto en tierras lejanas.

El primer viernes

José Restrepo Jaramillo

Diez kilómetros de montaña Hirsuta separaban a los dos pueblos. A veces, especialmente en el verano, trataba de unirlos un camino, trocha o sendero, que arrancaba del primero entre colinas ondulantes de salvias y de helechos, y que luego se metía por peñas y breñales, a través de árboles gigantescos de troncos y de años, barbados como profetas que asomaran sus alborotadas cabezas desde el fondo genésico de los siglos. Aquel camino primitivo trepaba casi rabioso al espinazo de la codillera, se entraba a la fuerza por la montaña, jadeaba entre rocas y barrancos y al final caía, amarillo y terregoso, en las calles solitarias de la otra población. En el espinazo de la cordillera, entre la neblina, junto a las nubes, bajo anchurosos yarumos, había una casa y una cantina. En la casa había hombres y mujeres buenos. En la cantina había también dos mujeres buenas. Buenas en todo sentido, especialmente para el viajero que sentía el ímpetu de descansar junto a sus carnes blancas y abundantes, especie de floración gigante y tentadora de la alta cordillera. Muchas tardes, mientras algún hombre dormía en el cuartucho contiguo a la cantina, o velaba o exploraba aquellos continentes de carne tembladora, vientos universales agachaban las copas de los yarumos, (se metían en el bosque vecino, se restregaban contra los troncos altísimos, y hacían de ellos una sonora tubería, convirtiendo el monte en gigantesco órgano de donde saltaban a los cielos notas roncas, notas agudas, que el agua y el granizo destrizaban en el aire entre horrísono fragor de música inaudita.

En aquel camino que a veces trataba de unir los dos pueblos se embarcaba todos los viernes Simbad el amigo, el estudiante en el colegio de los hermanos cristianos, con cuyo permiso podía quedarse entre los suyos, en el otro pueblo, hasta el domingo siguiente.

En verano todo era alegría, sol, fiesta de la naturaleza, que se le iba alma adentro. Muchas veces, casi sin darse cuenta, como si aquel camino fuera una escala móvil, una acera corrediza, Simbad se hallaba en pocos momentos al extremó de los diez kilómetros, en las calles solitarias del otro pueblo, cuando ya en el aire, entre alas de golondrinas retazos del sol de los venados, se presentía el zumbido de unas campanas grávidas de ángelus.

o de unas campanas grávidas de ángelus. En el invierno cada viaje erá una tragedia; Aquel camino, aquella trocha, aquel sendero se volvía un arroyo de agua y lodo, que trepaba casi rabioso hasta el espinazo de la cordillera. Y Simbad era entonces un verdadero nauta de ese río, que con las piedras y los cordones de agua luchaba y jadeaba por llegar hasta la casa del alto, hasta la cantina donde había dos muchachas gordas, secas y sonrientes.

Aquel viernes era viernes especial, viernes doble, porque era el anterior a la Semana Santa, y ello quería decir que Simbad no tendría que regresar al colegio el domingo siguiente, sino el otro, el de Pascua, diez días después.

A las tres de la tarde salió del pueblo. Llevaba Cien lecciones de historia sagrada, aritmética y geografía bajo el brazo. Apenas se embarcó en el camino amarillo y sinuoso comenzaron a entrársele por el alma todos los pájaros que cantaban en los yarumos y guayacanes de la vera. Más tarde se le entraron las flores y el sol y el armonio de la capilla del colegio. Y allá dentro, en rueda con los suyos, se le formó una orquesta cálida de cantos y colores. El alma se le fue esponjando de alegría, hasta que no le cupo en el cuerpo y le rebasó por la boca. Y un silbido de muchacho solo en el mundo, alegre en la mitad de la llanura de la vida, salió de sus labios y fue a mezclarse con el chillido de los pájaros en las ramas, con el estallido del sol en las piedras y con la explosión alófana de las hortensias y margaritas que lo veían pasar.

Pero poco a poco todo fue muriendo. Pájaros, sol y flores se apagaron lentamente. Se acabó también el silbido de Simbad el amigo, del muchacho solitario como un gusano humano en el camino terregoso. Vientos fríos, precursores de algo malo, llegaron del norte y formaron escandalosa algarabía entre las ramas de los árboles. El cielo arrugó el entrecejo y comenzó a dejar caer gotas aisladas que levantaban chasquidos y nébulas de polvo al restallar contra los áridos lomos del camino.

Simbad apretó la geografía, la aritmética y la historia bajo el brazo y echó a correr como bestia perseguida por el camino pendiente, resbaladizo, ya casi fluvial, cuyo único lugar seguro era la casa alta, apenas divisable allá arriba, a través del follaje removido con furia por la tempestad. Simbad corrió, trotó, galopó, cayó, se levantó, volvió a correr, a volar, empapado, apretando bajo el brazo, dentro del saco, los textos de estudio, mientras el agua del cielo le bañaba con fuerza la cara inocente y blanca, perdida como una máscara de carne entre las bambalinas de la tempestad.

Al fin, macerado, martirizado, sin poder hablar, acezando como liebre fugitiva, llegó al corredor de la casa dé la cima. Puertas y ventanas estaban cerradas, excepto la del ventorro. Con timidez de bestia humilde, insegura todavía bajo los aleros chorreantes, Simbad penetró lentamente, por vez primera, hasta el mostrador. La muchacha—sólo había una— se levantó sobresaltada y luego sonrió al reconocer la minúscula visita que le llegaba, el muchacho aquel que todos los viernes veía pasar hacia el otro pueblo, rápido, temeroso, perseguido por la noche, con sus libros bajo el brazo

Hubo un diálogo corto, de frases alusivas ala tempestad y al peligro de que él prosiguiera su viaje con semejante tiempo. Ella estaba sola.6u hermana había ido a visitar la madre enferma, que vivía en la montaña del frente. Los habitantes de la casa aledaña a la cantina se habían encerrado a rezar el magníficat y a quemar ramo bendito. A pesar de lo cual las nubes del cielo seguían deshaciéndose en gruesos chorros sobre la cordillera. El viento zumbaba entre las hojas de los yarumos, y parecía que todo hubiera muerto en medio de aquel diluvio tropical. Sólo en lo alto de la cordillera, en aquella casita olvidada, sobre aquel Ararat no respetado por la lluvia, un par de animales de la especie humana miraba la cortina gris y móvil que vientos de tragedia extendían sobre los montes, sobre la choza, sobre los Andes empinados, que allá al frente, muy lejos, parecían ondular monstruosamente con su capa de agua a las espaldas, camino de norteñas tierras.

La muchacha —¿se llamaba Ángela, Simbad?— sirvió al estudiante un vaso de leche con arepa de maíz. Y cuando fue a entregarle el refrigerio notó las ropas empapadas y los cabellos chorreantes del muchacho. Le dijo entonces que debía quitarse esos trapos y ponerse otros. El pobre Simbad, hombre tímido por su alma y por sus huesos, se resistió en un principio, hasta que ella, con tono maternal e impositivo, lo convenció del peligro de seguir con las ropas húmedas apretadas contra el cuerpo. En seguida entró en el cubículo vecino, volvió a poco y le dijo con voz imperativa:

—Mire, allí hay unos pantalones y una camisa limpios de un 'hermanito mío. Entre y póngaselos, al menos mientras escampa y se seca su ropa.

—No, muchas gracias —replicó él—. Yo me tengo que ir ya. Me va a coger la noche.

—Péro, ¿cómo va a seguir, hombre de Dios, con este aguacero? No sea bruto, que se muere. ¡Upa! Cámbiese esa ropa.

Y añadiendo la acción al verbo, lo agarró de un brazo y casi por mal lo empujó al cuarto vecino. Luego tomó a sentarse en el banco de la cantina y siguió clavando la vista én los chorros de agua, en aquella cortina gris y móvil que las nubes del cielo extendían sobre el mundo.

Pero, ¡qué raro! A través de ella se asomaban de repente y de repente se escondían unos ojos grandes, claros, húmedos, definitivamente atractivos. Una cara blanca, sim-. pática y una cabeza negra, ondulada, oscurecían a ratos la lluvia. Y de pronto era un cuerpo de catorce años desnudo, tiritante, que aparecía diapreado por los hilos tembladores descolgados de los cielos. Y ese cuerpo, esa caray esos ojos estaban ahí cerca, solos en la casita solitaria, rodeados por la tempestad que tan bellamente, tan sensualmente dominaba el universo. (¡Angela, Angela! ¡Qué minutos más intensos! ¡Qué torrente de vida te sacudió entonces las carnes blancas y tibias bajo las ropas secas! ¡Qué embestida aquella de la naturaleza contra tu cuerpo frágil! ¡Qué trasplante de la tempestad desde las altas cordilleras andinas hasta las suaves colinas de tu pecho dominado por frenética pasión! ¡Entra, Ángela! Es tuyo, más tuyo que aquellos que te han buscado como un descanso en su camino o en su vida. Éste lo envió para ti la naturaleza. La tempestad lo arrinconó en tu cuarto. Vas a conocer otra virginidad, ya que la tuya se acabó hace tanto tiempo. Estás sola con él, en esta arca que flota sobre/l nuevo diluvio universal. ¡Un par de animales de cada especie! Un par que deberá multiplicarse a través de los planetas y los siglos, hasta llegar a ser numeroso como las estrellas del cielo, como las arenas de la tierra, como las gotas del mar, como los hilos de agua que en esta hora llevan lentamente los Andes camino del océano).

Cuando Simbad se disponía a salir, ella se dispuso a entrar. Y entró. Llameaba suavemente su cuerpo. Luces rojas le brillaban en los ojos. Y por los dedos de las manos le fluía un calor vivo, feraz, como lluvia descendente sobre Sodoma invisibles, mientras leve temblor le agitaba los labios fríos. Simbad jamás pudo darse cuenta de aquel minuto. Él sí recuerda que cuando se puso las ropas ajenas sintió un extraño roce en su cuerpo, roce que se hizo tibio y placentero con el calor que traían del arcón. Recuerda también que inexplicables efluvios lo envolvían mientras hacía el cambio. Era como si en lá pieza contigua, en la cantina, hubieran encendido una lámpara gigantesca o una gran fogata, que a través de la puerta entornada lanzaba sus luces o sus llamas invisibles pero quemantes, raramente acariciadoras. Simbad alcanzó a ver, con cierta angustia que nunca pudo explicarse, las Cien lecciones de historia sagrada, la geografía y la aritmética, que había puesto con su gorra sobre un taburete viejo. Sintió por última vez la tempestad de afuera y se lanzó a la otra, desesperado y terrible, macho poseído, derrotado y engrandecido por la soledad, el huracán y la carne. Hubo un rapidísimo remolino de luces y esquirlas ígneas. Corrientes de lava brava atravesaron su cuerpo trémulo. Nubes de otros planetas le velaron los ojos; un estampido de otros siglos, que aún retumba en su cabeza de treinta años, lo inclinó furiosamente hacia la tierra; y sobre una pirámide de historias, geografías y aritméticas, por allá lejos, muy arriba, muy hondo, Simbad y los autores de esos libros doblaron la cabeza, mientras un cataclismo universal borraba del mundo la casa de la cima y el colegio del muchacho, al tiempo que una flor sangrienta y brillantísima abría den pétalos gigantescos en la mitad del alma descubierta de , Simbad...

Cuando al fin llegó a su casa, ya de noche y todavía con las ropas húmedas, sintió una espantosa gana de llorar al oír que su madre le decía: ¡Pobre hijito mío!

La Tragedia Del Minero

Efe Gómez

Es de noche. La luz de una vela de sebo del altar de los retablos lucha con la sombra. Están terminando de rezar el rosario de la Virgen santísima. Todos se han puesto de rodillas. Doña Luz recita, con voz mojada en la emoción de todos los dolores, de todas las esperanzas, de las decepciones todas de su alma augusta crucificada por la vida, la oración que pone bajo el amparo de Jesucristo a su familia, a los viajeros, a los agonizantes, a los amigos y a los enemigos: a la humanidad entera.

Se oyen pisadas en los corredores del exterior. Se entremiran azorados. Se ponen de pies. Se abre la puerta del salón, y van entrando, descubiertos, silenciosos, Juan Gálvez, los Tabares, padre e hijo, y los dos Restrepo. Son los mineros que se fueron a veranear a las selvas de las laderas del remoto río que corre por arenales auríferos. Se han vuelto porque el invierno se entró.

—¿Y Manuel? —pregunta Doña Luz.

Silencio.

—¿Se quedó de paso en su casa?

—No, señora.

—¿Y entonces?

Silencio nuevo.

—Pero ¿qué pasa? Su mujer lo espera por instantes. Quiere —naturalmente— que esté con ella en el trance que se le acerca.

—¡Pobre Dolores! —dice Micaela—. De esta llenada de luna no pasa.

A Juan Gálvez empiezan a movérsele los bigotes de tigre: va a hablar.

—Que se cumpla la voluntad de Dios, señora —dice al fin—. Manuel no volverá.

—¿Qué hubo, pues?... Cuenta, por Dios.

—Mire, señora. Eso fue horrible. Ya casi terminaba el verano... Y ni un jumo de oro. Cuando una mañanita cateamos una cinta a la entrada de un organal... y empezamos a sacar amarillo... y la cinta a meterse por debajo del organal... La señora no sabe lo que es un organal... Son pedrones sueltos, redondeados, grandísimos... amontonados cuando el diluvio, pero pedrones. Como catedrales, como cerros... ¡Y qué montones! Con decirle que el río, que es poco menos que el Cauca, se mete por debajo de un montón de esos... Y se pierde. Se le oye mugir allá... hondo. Uno pasa por encima, de piedra en piedra. El otro día, por tantear qué tan hondo pasa el río, dejé ir por una grieta el eslabón de mi avío de sacar candela. Y empezó a caer de piedra en piedra... a caer de piedra en piedra... a chilinear: tirín, tirín... Allá estará chilineando todavía.

Por entre las junturas de las piedras íbamos arrastrándonos desnudos, de barriga, como culebras, detrás de la cinta, que era un canal angosto. Llegamos a un punto en que no cabíamos... Ni untándonos de sebo pasaba el cuerpo por aquellas estrechuras. Manuel dio con una gatera por donde le pasaba la cabeza. Y él, que era más que menudo, pasó, sobándose la espalda y la barriga. Taqueamos en seguida las piedras, como pudimos, con tacos de guayacán.

—Aquí va la cinta —dijo Manuel, ya al otro lado.

Le echamos una batea de las chiquitas: las grandes no cabían. La llenó con arena de la cinta.

—¿Qué opinás viejo? —me dijo cuando me la devolvió por el agujero, por donde había pasado, llena de material.

—Mirá: se ven, así en seco, los pedazos de oro. En este güeco está el oro pendejo. Pa educar a mis muchachos. Pa dale gusto a Dolores...

Y pegó un grito de los que él pegaba cuando estaba alegre, que retumbó en todo el organal, como un trueno encuevao.

Los compañeros salieron a lavar afuera, a bocas del socavón, la batea que Manuel acababa de alargarnos. Yo me puse a prender mi pipa y a chuparla, y a chuparla... Cuando de golpe, ¡tran! Cimbró el organal y tembló el mundo. De susto me tragué la pipa que tenía entre los dientes. La vela se me cayó, o también me la tragaría. Me quedé a oscuras... ¡Y las prendo! Tendido de barriga, corría, arrastrándome, como se me hubiera vuelto agua y rodara por una cañería abajo. No me acordé de Manuel... pa qué sino la verdá.

—¡Bendita sea la Virgen! —dijeron los que estaban afuera, lavando el oro, cuando me vieron llegar—. Creímos que no había quedado de ustedes, mano Juan, ni el pegao.

—¿Y qué fue lo que pasó?

—Es que onde hay oro, espantan mucho.

—¿Y Manuel?

—Por ai vendrá atrás.

Nos pusimos a clarear el cernidor. Era tanto el oro, que nos embelesamos más de dos horas viéndolo correr, sin reparar que Manuel no llegaba.

—¿Le pasaría algo a aquél?

—Allá estará, como nosotros, embobao con todo el amarillo que hay en ese güeco.

—Vamos a ver.

Y empezamos de nuevo a entrar, tendidos, de punta, como lombrices; pero alegres, deshojando cachos. Porque el oro emborracha. Se sube a la cabeza como un aguardiente.

Llegamos al punto en donde habíamos estado antes.

—Pero qué sustico el tuyo, Juan. Mirá donde dejaste la pipa —dijo Quin Restrepo, con una carcajada.

—¡Y la vela!

—¡Y los fósforos!

—Fíjate a ver si dejó también las orejas este viejo flojo.

—¡Y quien le oye las cañas!

—Pero ¡qué fue esto, Dios! Vengan, verán — gritó Penagos.

—¡A ver!

—Nos amontonamos en el lugar en que estaba alumbrando con la vela. ¡Qué espanto, Señor de los Milagros! Nos voltiamos a ver, unos a otros, descoloridos como difuntos. Los tacos de guayacán que sostenían las piedras que formaban el agujero por donde Manuel entró, se habían vuelto polvo. Del agujero no quedaba nada: ciego, como ajustado a garlopa.

—¡Manuel...! —grité.

—Nada.

—¡Manuel!

—Nada.

Volví a gritar, arrimando la boca a una grieta por donde cabía apenas la mano de canto:

—¡Manuel!

—¡Oooh!... —respondieron al mucho rato, por allá, desde muy hondo. Desde muy hondo...

—¿Qué hubo, hombre?

—A mí déjenme quieto.

—Pero ¿qué fue, hombre?

—Por mí no se afanen. Ya yo no soy de esta vida.

—¿Qué pasa, hombre, pues?

—Encerrado como en el sepulcro... De aquí ya no me saca nadie... Sacará Dios el alma cuando me muera... Si es que se acuerda de mí.

—Buscá, hombre, tal vez quedará alguna juntura, por onde...

—He buscado ya por todas partes... Los pedrones, juntos, apretados... ¡Y qué pedrones!... Tengo una sed...

Inventamos un popo, por onde le echábamos agua y cacaíto.

Así nos estuvimos ocho días: callaos, mano sobre mano, como en un velorio.

Si tuviéramos dinamita —pensábamos— volaríamos el pedrejón que rompió los tacos... pero como todos los pedrones están sueltos, sostenidos unos con otros, el organal se movería íntegro, se acomodaría cada vez más de manera diferente... y nos trituraría a todos... o nos dejaría encerrados...

Y lo horrible fue que se nos acabaron los víveres.

Manuel lo adivinó. ¡Con lo avispado que era!

—Váyanse muchachos... ya hay agua aquí. Con el invierno ha brotado entre las piedras... Déjenme los tabacos que puedan, fósforos y mecha, y... váyanse... ¿Qué se suplen con estarse ai...? Váyanse, les digo. Déjenme a mí el alma quieta: ya yo estoy resignao a mi suerte. Lo único que siento es no conocer el hijo que me va a nacer, o que me habrá nacido ya. ¡Pobrecito güerfano!... Me le dicen a doña Luz que ai se los dejo... a él y a Dolores. Que los cuide como propios... y no me llamen más, porque no les contesto...

¿Qué hacíamos, pues, nosotros? Venirnos. Venirnos y dejarlo: ¡Cosa más berrionda!

Y el viejo Juan, con un movimiento brusco, se puso el sombrero y se agachó el ala para taparse los ojos. Lloraba.

La puerta del exterior se abrió con estrépito.

Y entra Dolores, pálida, la piel del rostro bello pegada a los huesos, los ojos enormes, extraviados, trágicos.

—Todas son patrañas. Todo lo he oído... Me voy por Manuel. ¡Ya! ¡Cobardes, que dejan a un compañero abandonado! ¡Quien oye al viejo Juan! ¡Viejo infeliz! Traeré a Manuel. Lo que cinco hombres no pudieron, lo haré yo... ¡Y ustedes sinvergüenzas, tiren esos pantalones y pónganse unas fundas! ¡Maricos...!

Abre los brazos, da un grito y cae al suelo, retorciéndose entre los dolores del parto.

Se lanza doña Luz, severa, enérgica, bella, y hace salir a los hombres y a los niños.

Mis próceres

Waldina Dávila de Ponce

I

Inscritos están en la columna de la plaza de los Mártires muchos nombres de próceres, y entre ellos se leen estos cinco: brigadier, José Díaz; teniente coronel, Francisco López; teniente coronel, Benito Salas; coronel, Fernando Salas; y don Miguel Tello. He aquí la historia de su sacrificio, que fue consumado el día 26 de septiembre de 1816, en la plaza de Neiva. Ellos eran miembros de una sola familia. Dos esbirros del general Morillo descendían por una de las calles que conducen del centro de la ciudad de Neiva al río Magdalena. La tarde era apacible y serena; un vientecillo suave y fresco rizaba apenas la superficie de las aguas, y las corpulentas palmeras de la vega movían voluptuosamente sus copas. Los pobres vivanderos que regresaban del mercado soltaban sin afán las barquetas para trasladarse a sus humildes casas de campo, cuando se apercibieron de dos esbirros que en ese momento les gritaban:

—¡Alto ahí las barquetas, de orden superior! —y mientras los bogas oían esta intimación, varios soldados desembocaron por la misma calle, y sin aguardar razones, se apoderaron de las barquetas, llamando a cada una su piloto.

—¿A dónde? —preguntaron estos.

—Desembarcaremos en Opia —contestó el que parecía jefe de la gente armada.

Los campesinos palidecieron y se miraron con asombro: se trataba de ir a la hermosa hacienda llamada La Manga, y no sería para nada bueno; ya cuatro de sus señores estaban en estrecha cárcel, y sólo quedaba en libertad don Fernando, el buen mozo de la familia, que era como niña mimada de todos cuantos le conocían: aficionado a la caza, a la pesca y a su guitarra, que tocaba con habilidad, prolongaba lo más posible sus excursiones en la encantadora mansión, que reunía para él todos los goces de su vida. Fue, pues, allí donde se prometieron hallarle los esbirros de Morillo.

—¡Adelante! —dijo el oficial, y cada boga tomó su remo, que puso en juego perezosamente, pero a pesar de esto, muy en breve estuvieron del otro lado, y desembarcaron en Opia sin remedio. Los esbirros pidieron bestias al mayordomo, y siguieron camino hacia la casa principal de La Manga. Ya uno de los vivanderos les había ganado en agilidad y llegaba jadeante a las puertas de la casa.

—¡Sálvese usted, señor! —le dijo a don Fernando—. Viene tropa.

—Lo que quieren de mí son bestias y ganado —contestó con una despreocupación increíble y, pasándose la mano por la frente, quedó pensativo contemplando la llanura, que a la sazón figuraba un inmenso manto de esmeralda.

La casa estaba entonces situada a la orilla de un gran lago, circuido perfectamente de corpulentos árboles, sobre los cuales se posaban, a mañana y tarde, centenares de garzas blancas y rosadas. Un hermoso bote a la orilla recordaba tiempos más tranquilos, en que don Fernando surcaba las aguas, ya con la escopeta en la mano, ya con los instrumentos de pesca; solo, algunas veces; otras, con sus amigos de predilección.

Alguien le había dicho que en esos días le pedirían un empréstito, y recibió a los españoles con la cultura de maneras que jamás hace falta en hidalgos como él.

Un pliego le fue entregado, y al concluir su lectura, dirigiéndose al jefe, le dijo:

—Hay ganados y caballerías; tomad lo que quisiereis.

—Es una suma fuerte lo que se os pide.

—No hay plata en caja —contestó don Fernando—. Os doy lo que hay.

—Es indispensable que nos deis la suma.

—Está bien; voy a escribir para que la consigan.

—¿A quién? —interpeló el oficial con sonrisa diabólica—. Todos vuestros allegados están prisioneros.

—Entonces, me tarda reunirme con ellos —exclamó don Fernando, poniéndose mortalmente lívido—. No daré nada.

—Seguid con nosotros.

—La noche viene —dijo el compañero—, y no tenemos orden de marchar hasta por la mañana, y esto en caso de que este caballero se niegue absolutamente a entregar la suma.

—Es verdad— contestó el primero, comprendiendo el partido que podía sacar.

Quedó aplazada la partida para el día siguiente; condujeron a los españoles a una pieza decente, y don Fernando, sumergido en una poltrona, quedó por toda la noche presa de terribles reflexiones.

Amaneció. Don Fernando vio y sintió la tibia luz de la aurora: luego fue poco a poco desplegando su esplendor una de esas mañanas verdaderamente tropicales, en que la frescura del aire, inoculando vida, despierta en el hombre, más que nunca, el instinto de la conservación. Miró con tristeza todo cuanto en aquellos momentos iba a abandonar, con esa ternura, con esa pasión con que se mira lo que se ve quizá por la última vez; pues no se ocultaba a su penetración el abismo sin fondo que probablemente iba a tragárselos. Jamás las brisas de la laguna habían acariciado más dulcemente sus cabellos; jamás había encontrado tan bellos y pintorescos los verdes matices de los árboles vecinos a la casa, y aquella bandada de garzas, unas en la orilla y otras sobre las ramas, le parecían guardar una actitud pensativa, como si suspirasen su adiós.

El horizonte se dibujaba con la precisión de líneas y la frescura de colores que tanto admiró Colón en América; y el cañaveral y las plataneras, cerrando el paso a la vasta llanura donde pacían tranquilamente los rebaños de lozanas vacas, completaban el paisaje.

Don Fernando descendió al fondo de sí mismo y comprendió cuán liberales habían sido con él la naturaleza y la fortuna. Era joven, hermoso, inteligente, rico, y toda esa fortuna, en su plenitud, iba a perderla. Allá a lo lejos un vago rumor de aguas y plantas, el balido de las ovejas, el zumbido de los insectos y el aleteo de los pájaros en la huerta; todo le parecía un concierto de voces cariñosas, un arrullo que le decía: ¡Quédate! Los criados andaban con disimulo cerca de él sin atreverse a dirigirle la palabra, pero con los ojos humedecidos de lágrimas. Los arrendatarios de la hacienda estaban mudos de pesar e indignación, y se sentían tentados a arrebatar al prisionero, pero comprendían que sería abreviarle la vida.

—Si queréis traer algunos objetos, podéis disponerlo —le dijo el oficial.

—Todo lo tengo allá, como aquí —contestó don Fernando desdeñosamente—. Partamos; Juan, mi caballo.

—Dispensad, pero tenemos orden de conduciros a pie.

—¡Miserables! —gritó don Fernando con voz estentórea, como si ya deseara que le atravesaran el corazón.

Mudos los esbirros lo colocaron entre los soldados y marcharon.

La prueba de tener que caminar a pie era más que dura para don Fernando, pero, no obstante que el sol abrasaba con sus voraces rayos toda la llanura, el prisionero no dio la menor señal de fatiga. ¡Qué mucho que sus sentidos estuviesen insensibles bajo las impresiones morales que tenían subyugado su espíritu! Iba a reunirse con su hermano y cuñados, pero, ¡cómo y en qué lugar! Si doña Francisca, su esposa, sabía la terrible nueva, saldría a encontrarle, ella, que pensaba reunirse con él al día siguiente. ¡Cuánto le acobardaría su vista!

Esos temores se desvanecieron bien pronto al encontrar las calles y la plaza bastante solas. Las puertas de la cárcel se abrieron para dar entrada al prisionero y le fue permitido, por unos momentos, caer en brazos de sus hermanos. Allí estaba don Benito, casi cadáver: había hecho la campaña desde el año de 1813; largo tiempo en destacamento, al pie del Puracé había casi perdido la vista y el uso de las piernas, a causa de la refracción y el frío de la nieve. En tan infeliz estado, su prisión, que ya databa de tiempo atrás, afligía en extremo a la familia. Casado hacía bastantes años con doña Juanita López —así la llamaban por su estatura pequeña—, en su hogar había encontrado felicidad completa junto a la que podía compararse con los ángeles, por su sinigual bondad, su prudencia inalterable y la inefable dulzura que presidía todos los actos de su vida. Su caridad para con los desgraciados era inagotable; calladita y con menudo paso recorría todas las cercanías de la ciudad, en busca de necesitados que socorrer y de enfermos que aliviar; en su casa jamás una palabra imprudente, ni una queja amarga salía de su boca; el timbre de su voz era tan suave, que apenas se le oía. Esta era la compañera de quien don Benito se había visto separado largas temporadas, ya a causa de las campañas y últimamente en la prisión. Al verle don Fernando, sufrió por los dos.

La nueva arrestación llegó a oídos de la familia con rumores siniestros. Las señoras, ya fuera de sí se agolparon a las puertas de la cárcel, pidiendo que se les permitiese ver a los prisioneros. La señora Mariana de Vives, casada con don Miguel Tello, era modesta; doña Feliciana Torrente, la esposa de don Fernando, altiva sobremanera; postraba con sus invectivas a los españoles; doña Juana Salas, casada con López, era severa y las reconvenía duramente; pero todos esos desahogos fueron vanos; sólo doña Juanita, con sus pequeñas manos juntas, en actitud suplicante, y quizá por su estado interesante, logró ablandarlos hasta el punto de obtener entrada.

La entrevista fue desgarradora, aunque ningún arranque de desesperación desmintió el carácter de doña Juanita; bañada en lágrimas, solamente profirió palabras de paciencia, de resignación y de esperanzas celestiales. ¡Qué cosa tan bella es la piedad cristiana! Y ¡cómo levanta los corazones de la tierra! Esa aparición de ángel dejó más consolados a los prisioneros. Las palabras de conformidad y sumisión se cruzaban entre ellos como si ya comprendieran que se trataba de un desenlace irreparable.

Había una anciana del pueblo que fue nodriza de Rafael, el hijo mayor de don Benito, y a quien todos llamaban mama Eulalia, y era ella quien desde el principio de la prisión iba diariamente a la cárcel, llevándoles alimentos y demás objetos que necesitaban; unas veces lograba penetrar a donde ellos, otras tenía que dejar con el centinela y volverse desconsolada; esto variaba según la índole de la guardia.

Casi todas las familias de los prisioneros se habían reunido en una sola casa, para hallarse al mismo tiempo informadas de todas las peripecias que ocurrían.

La noche que siguió a la captura de don Fernando, nadie pudo conciliar el sueño; por todas partes los sollozos y quejidos causados por dolencias corporales; el hondo desconsuelo de un futuro desconocido que presentían se acercaba con pasos de gigante. En medio de tal cuadro se destacaba la figura de doña Juana Salas, como la estatua del valor: su estatura elevada y un poco enjuta, guardaba algo como de impávida actitud, que contrastaba con su demacrada fisonomía, donde bien podían leerse todos los estragos de la profunda pena.

Al amanecer del nuevo día, esperaban con ansiedad indecible a que mama Eulalia pudiera penetrar en la cárcel con el desayuno; llegada la hora se agruparon a esperar que regresara; tenían tantas cosas que preguntarle, y los minutos les parecían siglos; ese día se tardó más que de costumbre. Al fin apareció; desde lejos notaron que volvía con la cabeza inclinada sobre el pecho, y, enjugándose el rostro, salieron a su encuentro y la rodearon, apremiándola y asediándola con preguntas.

—¿Qué hay? ¿Cómo están? El silencio era su sola respuesta; al fin pudo desatar el nudo de su garganta para proferir esta tremenda frase:

—¡Van a ponerlos en capilla!

—¡En capilla! —repitieron todas, tan acordes, que se oyó como un eco sepulcral.

—¡Mañana! —añadió la anciana con voz casi inarticulada.

Imposible pintar el trastorno mortal que alteró todas aquellas fisonomías.

Jamás empeños más inauditos se pusieron en juego para obtener gracia; ofrecieron su cuantiosa fortuna. Se les contestó que todos los bienes estaban confiscados. Pero la crueldad irrisoria no omitió someter a don Benito a otra terrible prueba, proponiéndole que hiciese precipitar a su hijo mayor desde la torre, y así se salvaría. Inútil es decir que al niño se le dejó ignorar semejante propuesta.

II

Es un día de ahorcado, dice el vulgo, cuando las nieves se agrupan y se tiñen de oscuro color gris, el viento silba con tristeza y las plantas se afligen. Y en verdad ese proverbio no carece de razón, porque frecuentemente vemos a la naturaleza revestirse de tétrica expresión en los terribles acontecimientos de la vida.

Los prisioneros habían ya apurado a grandes tragos el amargo cáliz, y sufrido las mil muertes que pueden acabar con un hombre en el término de tres días, en que sabe que es irremisible su sentencia, y en que cuenta las horas, los minutos y los segundos que van reduciendo la cantidad de existencia que le queda. Delante de aquel santo Cristo y aquel paño negro habíanse agotado ya todas sus tristes reflexiones. Allí mismo se habían extendido, ante sus ojos, el enlutado porvenir de sus esposas, sus hijos y sus hermanas, a quienes comprendían que sólo iban a legarles un caudal de persecuciones y dolores. Y la libertad, aquel sueño esplendoroso que los había precipitado a tantos abismos, ¿tendría segura cima? ¿De veras habría patria? ¡Qué duda tan horrible para los que nada, nada habían omitido en el camino del sacrificio! Si la seguridad del triunfo les hubiera asistido, ¡con qué felicidad hubieran marchado al cadalso! Estos pensamientos de seguro pasaban por la mente de algunos, cuando un sudor frío les inundaba el semblante y un temblor involuntario los sobrecogía. Así los encontró mama Eulalia cuando fue a la cárcel por última vez, y de los labios de la pobre anciana, aniquilada e ignorante, brotaron las poderosas palabras de la fe, consuelo único en el trance terrible de la muerte:

—¡Valor! Allá nos reuniremos todos.

—Que así sea —le contestaron, abrazándola con ternura, y cada uno murmuró a su oído la súplica, el encargo más caro a su corazón.

El tiempo transcurrió brevemente después de la desgarradora escena que sólo puede comprender quien haya visto un condenado a muerte. Cesó la debilidad inherente a todo ser humano, como Jesucristo mismo lo demostró sudando sangre. Los prisioneros enjugaron sus lágrimas. Una reacción se verificó en ellos, sintiéndose animados de patriótica resolución.

Cinco patíbulos estaban en la plaza vistosamente colocados para escarmiento público. El esquilón sonó, y los cinco prisioneros, vestidos de negro sayal, desfilaron con la frente levantada, al mismo tiempo que el reverendo padre Bernal, amigo de la familia, los ayudaba a bien morir con voz conmovida.

Cuando llegaron al punto de la ejecución, una agonía terrible se apoderó de don Fernando al pensar en ver morir a don Benito, y pidió que lo decapitaran primero. Don Benito lo sentó sobre sus rodillas, y las balas que mataron a don Fernando lo hirieron a él también. En fin, una descarga cerrada estremeció el alma de toda la población: el sacrificio quedó consumado.

III

La medida de la persecución no estaba colmada todavía; promulgado el decreto de confiscación de los bienes y destierro de las viudas y huérfanos, Rafael, el hijo mayor de don Benito, que apenas contaba once años, fue condenado a seguir para Bogotá, con pena de presidio, marchando a pie y conduciendo la cabeza y las manos de su padre, que le habían sido cortadas y colocadas en cierto sitio del camino, por donde había de pasar el infeliz huérfano. ¿Qué crimen había cometido el niño para tanta abominación? Era descendiente de patriotas. Un grito simultáneo se levantó contra esta última parte de la sentencia; aun entre los mismos perseguidores hubo quienes se sintieran horrorizados, y el reverendo padre Bernal consiguió que fuera revocada.

Rafael marchó a pie al presidio de Bogotá, pero no condujo la cabeza y las manos de don Benito. Mama Eulalia le acompañó hasta donde sus fuerzas le alcanzaron, llevándole a sus espaldas un lío con algunos objetos de vestido.

En extremo fatigado y estropeado llegó Rafael al presidio de Bogotá, en donde se sorprendieron de que un niño delicado, para quien las penalidades eran enteramente nuevas, hubiese tenido resistencia para tanto. Un presidio, pero, ¡qué presidio tan bien habitado, en parte!, si se considera que allí estaban don Simón Burgos, el intrépido Rafael Cuervo y otros de la misma talla. Ellos eran los que en ese entonces salían a barrer las calles de la ciudad, y al ver al inocente niño sujeto a semejantes tratamientos, la ternura de sus ilustres compañeros atenuaba en lo posible el rigor de su suerte, tan prematuramente dura.

Entre tanto las viudas, con los pequeños huérfanos, arrojados al destierro, sin haberles sido permitido sacar ni los objetos de uso más indispensables, vagaron a la pampa, como rebaño de ovejas. Los numerosos amigos del tiempo de su prosperidad, desde lejos las compadecían. El patriota era más temible que el leproso, cuyo contacto atrajera los padecimientos y la muerte.

Un solo corazón magnánimo se sobrepuso a los temores, y les ofreció una pajiza casa de campo. Para los seres incultos el alimento es la primera necesidad; para las personas delicadas un techo que les abrigue y que ampare el pudor de la miseria. Así fue grande el consuelo e inmensa la gratitud que sintieron hacia la señora N. Zabala, que las protegía con esa generosa oferta.

Una vez instaladas se apercibieron de que su viejecita Eulalia había conseguido sustraer de la vigilancia española alguna ropa y otras pequeñas cosas. Las viudas hallaron también en sus portamonedas algo para subvenir a los primeros gastos, pero un día llegó en que, completamente agotados los recursos, la terrible frase «tengo hambre", se escapó de los labios de los niños.

—¡Qué estupidez! —dijo doña Juana Salas, mientras las otras señoras lloraban a torrentes—. Hemos perdido el tiempo que pudiéramos haber empleado en trabajar para nuestros hijos: ¿esto es honrado?

—¿Qué quieres que hagamos? —contestó doña Catalina, soltera consentida. —Buscar el pan para nuestros hijos.

—¿Buscarlo en dónde?

—Trabajando —exclamó con imperio doña Juana.

—¡Trabajando! —contestaron estupefactas.

—¡Trabajando! —insistió doña Juana—. ¿Acaso no hay centenares de familias que viven de su trabajo?

—Así será —contestó la orgullosa viuda de don Fernando.

—Tengo hambre —repitió uno de los niños.

—¡Eulalia! —dijo doña Juana—, vete a donde Tomás el cosechero, dile que me preste un poco de tabaco, que pronto se lo devolveré.

Mama Eulalia regresó en breve, seguida de un hombre que traía a espaldas un tercio de tabaco.

Los ojos de doña Juana brillaron de gozo, y abalanzándose sobre el material, les dijo sin vacilación:

—Tú, Catalina, pronto, a abrir las hojas, y pásaselas a Juanita que las rociara con agua. Tú, Feliciana, separa las venas, y estira bien las hojas, colocándolas en montones, y así las dejaremos hasta mañana; pero improvisemos ahora mismo un paquete.

Todas se pusieron a preparar el tabaco, más por obedecer que por la esperanza de alimentarse con su trabajo. Mama Eulalia, la más apta, porque tenía costumbre de fabricar sus cigarros, emprendió la labor.

—Esto es ridículo —murmuró doña Feliciana—; si no inventas más que esto, estamos perdidas de recursos.

—Tú no tienes fe, ¡pobre criatura!, no sabes que un templo se fabrica comenzando por colocar una piedra; que una ciudad se toma empezando por avasallar una casa, y que en todas las cosas de la vida el trabajo es empezar; ¡ánimo!

—Principias, pues, a poner una fábrica de cigarros —dijo doña Catalina, con acento triste y burlón a la vez.

—Principiamos —replicó doña Juana—; eso siempre nos producirá más que no hacer nada, y hablando así la activa matrona, procuraba imitar los cigarros de mama Eulalia, quedándole muy contrahechos y feos al principio, pero a poco rato ya se tenían cuatro paquetes, que mama Eulalia colocó en una cesta y llevó donde los vecinos.

—Mucho me temo que nuestra pobre viejecita vuelva con sus cigarros —dijo doña Catalina, enjugándose las lágrimas.

—Tengo hambre —volvió a gritar uno de los niños.
—Ya volvemos a lo mismo —observó doña Juanita López, deshaciéndose en llanto, porque esta vez era el más pequeñito quien pedía.

—¡Valor, Juanita! —dijo doña Feliciana—; tengamos esperanza; no, no puede ser que continuemos así, Dios no desampara a sus criaturas; algún milagro sucederá en nuestro favor.

—Así me gusta oírte —exclamó doña Juana—, esperemos, esperemos.

—Sólo para la muerte no hay remedio —suspiró doña Catalina, y al decir así, los cinco patíbulos se presentaron a la imaginación de las viudas, que a un tiempo lanzaron desgarradores lamentos.

Larguísimo tiempo había transcurrido, y al través de la llanura se distinguió la silueta de una mujer, que resultó ser la diligente y activa mama Eulalia.

—Aquí está —dijo, llegando casi ahogada por el afán, y presentóles la cesta llena de pan y chocolate.

Había realizado todos los cigarros y llevaba lo suficiente para cenar.

—¡Ya veis! —les dijo doña Juana—; comeremos de nuestro trabajo; él irá en progresión. Demos gracias a Dios —todas se pusieron de rodillas y balbucearon algunas oraciones.

El gozo de mitigar el sueño de sus hijos les dio un sueño más sosegado, y al rayar el alba ya estaban de pie. Al principio costaba indecible dificultad hacerlas vencer el desaliento causado por los pesares. Poco a poco la ocupación les proporcionaba alguna distracción; el hábito de levantarse temprano restauraba sus fuerzas, y los semblantes demacrados iban animándose con el aspecto de la salud.

Pronto se le pagó a Tomás, y hubo con qué comprarle más tabaco para la empresa, que siguió tomando mayores proporciones. Al principio ganaban para no morir de hambre, luego para alimentarse bien, y más tarde para satisfacer otras necesidades. El mismo aislamiento en que vivían les era propicio para el trabajo, pues empleaban útilmente todo su tiempo. Como se ve, bajo el punto material, no era la situación enteramente desesperada, aunque penosa, pero bajo el aspecto moral no había para qué pensar en tregua ni descanso.

Doña Juanita callaba, sin que por eso se ocultase al resto de la familia el cúmulo de penas que la afligían; todas a porfía cedían en su favor las pequeñísimas comodidades que la situación les permitía; su estado avanzado y la perspectiva de su alumbramiento en semejante destierro, la hacían el objeto de las contemplaciones, que atenuaban un poco sus penalidades, pero, ¡cómo apartar de su memoria la imagen del cadalso! ¡Cómo consolarla de pensar en su hijo, habitando un presidio en lejana tierra!

Otra desgracia sumamente dolorosa las afligía:

El brigadier Díaz había dejado en la orfandad dos hijas muy mimadas, acostumbradas al lujo y a las comodidades que la elevada posición y el caudal del brigadier les permitía; llamábanse Matica y Genoveva, esta última perdió la razón; su locura, no furiosa, pero maniática, les proporcionaba mil incidentes dolorosos.

La hija póstuma de don Benito trajo al mundo la herencia de los padecimientos; Joaquina, que así la llamaron, ha sido siempre víctima de terribles crisis nerviosas.

Una de las viudas, la señora Mariana Vives de Tello, tuvo una suerte todavía más dura que las otras, si se quiere; confinada a La Mesa, lejos de toda la familia, vio morir de hambre a uno de sus hijos pequeños. Todavía en el destierro fue asaltada de una grave enfermedad, y para dejarle algún apoyo a sus muchos huerfanitos, a la orilla de su lecho de muerte hizo contraer matrimonio a Rafaela, su hija mayor, que apenas contaba trece años, con don Gregorio Castro.

—¡Basta! Las penas tienen su pudor, ha dicho el célebre poeta antioqueño.

IV

Un murmullo general circulaba entre todos los patriotas, como por eslabones eléctricos. El grito de la libertad comenzó a oírse por todas partes, hasta quedar precisado en esta palabra:

—¡¡¡Triunfamos!!!

El ensueño estaba realizado; la tiranía extinguida; todos los ámbitos de la antigua Colombia repercutían el nombre de Bolívar, y nada puede compararse con el gozo que experimentaron los patriotas. Las lágrimas se enjugaron en todos los ojos; los dolores se ocultaron en el último rincón del corazón; las tumbas de los mártires se vistieron de gala, y fue todo un himno en frenesí de alegría.

Pasado el tiempo bailaban en una de las principales casas de los patriotas, y el bondadoso don Domingo Cayzedo le dijo a la hija mayor de don Benito:

—Pepita, voy a traerte un insurgente a ver si se cansa de bailar contigo; y a poco le presentó un joven de airosa presencia, ojos chispeantes y frente inteligente. La niña era dotada, como sus padres, de un alma superior, y comprendió al insurgente. Se llamaba don Pedro Dávila Novoa.

De los seres que aquí figuran, hoy sólo existen Petrona, la segunda hija de don Benito, viuda de don Diego Herrera, y Joaquina, la que nació en destierro. Ellas han sido objeto de la popular consideración, y arrostran hoy una vejez escasa de recursos, con la resignación que les dan sus virtudes y su inteligencia nada común.

Contenido Bonus

Amor

Jorge Isaacs

Deja un instante que en tu seno ardiente
hallen mis besos el placer ansiado,
y escuche palpitar enamorado
tu joven corazón bajo mi frente;

sienta que se estremece dulcemente
tu talle por mi brazo circundado,
y que busca tu labio el labio amado,
mi nombre murmurando balbuciente.

Aduérmame tu voz languidecida,
sintiendo que tu mano perfumada
borra en mi frente del dolor el ceño.

Y viendo una vez más la luz querida
que puso el Hacedor en tu mirada,
cierre mis ojos de la muerte el sueño.

El último canto

Ismael Enrique Arciniegas

Al través de las brumas y la nieve,
En el rostro el dolor, la vista inquieta,
El pie cansado vacilante mueve...
Allá va, ¿no lo veis? ¡Pobre poeta!

Sobre el herido corazón coloca
La lira meliodosa, y macilento,
Sentado al pie de la desnuda roca,
Así prorrumpe en desmayado acento:

«Ved las hojas marchitas, ved el ave,
Envueltas van en raudo torbellino...
¿A dónde van? ¿A dónde voy? ¡Quién sabe!
¡Yo también soy como ellas peregrino!

"Huyendo voy del tráfago mundano
Con el rostro en las manos escondido.
Mudable y débil corazón humano,
¡Hasta dónde, hasta dónde has descendido!

"Ya a Dios los necios hombres escarnecen
Y alzan al dios del interés loores.

¡Sus almas sin amor ni fe parecen
Nidos sin aves, fuentes sin rumores!

"Jamás la ola aunque con furia luche
Conmoverá las rocas; ¡e imposible
Que el triste grito del alción se escuche
De la tormenta entre el fragor terrible!

"La Poesía morirá en la lucha,
El destino cruel sus horas cuenta;
¡Poetas! vuestros cantos nadie escucha,
¡Sois el alción de la social tormenta!

"Yo vi en mis sueños de poeta un día
De laurel en mi lira una corona;
Hoy triste siento que en la frente mía
Un gajo de ciprés se desmorona.

"Yo quise alzar el vuelo a las ignotas
Fuentes de eterna luz, ¡al infinito!
Y hoy en el mundo, con las alas rotas,
Cual ave sola en su prisión me agito.

"Como una clara estrella vi en mi anhelo
Sonreír en mi cielo la esperanza.
Hoy cubren negras sombras ese cielo,
¡Hoy la luz a mi alma ya no alcanza!

"Huyendo el mundo y su incesante ruido,
Vengo a esta soledad sombría y honda.
Ella por siempre mi último gemido,
¡Mi último canto y mi vergüenza esconda!

"Tu muerte ¡oh Poesía! el siglo canta,
Y del campo inmortal de las ideas
El himno del trabajo se levanta
Y dice al porvenir: ¡Bendito seas!

"¡La indiferencia con su ceño grave
Me relega al silencio y al olvido!
Pobre y triste poeta ¡Soy un ave
Que al fin se muere sin hallar un nido!"

Dijo, y rompió la lira melodiosa
Do entonaba sus cantos y querellas...
Y al cielo levantó la faz llorosa,
¡Y en el cielo brotaban las estrellas!

Canción Del Boga Ausente

Candelario Obeso

A los señores Rufino Cuervo y Miguel A. Caro

Qué triste que está la noche,
La noche qué triste está
No hay en el Cielo una estrella...
Remá, remá.
La negra del alma mía,
Mientras yo brego en la mar,
Bañado en sudor por ella,
¿Qué hará, qué hará?
Tal vez por su zambo amado
Doliente suspirará,
O tal vez ni me recuerda...
¡Llorá, llorá!
Las hembras son como todo
Lo de esta tierra desgraciada;
Con arte se saca al pez
¡Del mar, del mar...!
Con arte se ablanda el hierro,
Se doma la mapaná...;
Constantes y firmes las penas;
¡No hay más, no hay más!...

... Qué oscura que está la noche;
La noche qué oscura está;
Así de oscura es la ausencia
Bogá bogá...

ANARKOS

Guillermo Valencia

De todo lo escrito amo solamente lo que el hombre escribió con su propia sangre. Escribe con sangre y aprenderás que la sangre es espíritu.

Federico Nietzsche

En el umbral de la polvosa puerta
sucia la piel y el cuerpo entumecido,
he visto, al rayo de una luz incierta,
un perro melancólico, dormido.
¿En qué sueña? Tal vez árida fiebre
cual un espino sus entrañas hinca
o le finge los pasos de una liebre
que ante sus ojos descuidada brinca.
Y cuando el alba sobre el Orbe mudo
como un ave de luz se despereza,
ese perro nostálgico y lanudo
sacude soñoliento la cabeza
y se echa a andar por la fragosa vía,
con su ceño de inválido mendigo,
mientras mueren las ráfagas del día

para tornar a su fangoso abrigo.
Hundido en la cloaca
la agita con sus manos temblorosas,
y de esa tumba miserable, saca
tiras de piel, cadáveres de cosas.
Entretanto, felices compañeros
sobre la falda azul de las princesas
y en las manos de nobles caballeros
comparten el deleite de las mesas;
ciñen collares de valioso broche,
y en las gélidas horas de la noche
tienen calor, en tanto que el proscrito
que va sin dueño entre el humano enjambre,
tropieza con el tósigo maldito
creyendo ahogar el hambre,
y en las hondas fatigas del veneno
echado sobre el polvo se estremece,
fatídico temblor le turba el seno,
y con el ojo tímido, saltado,
sobre la tierra sin piedad, fallece.
Todos vuelven la faz, nadie le toca:
al bardo sólo que a su lado pasa,
atedia la frescura de su boca
"donde nítidos dientes
se enfilan como perlas refulgentes"...

Mísero can, hermano
de los parias, tú inicias la cadena

de los que pisan el erial humano
roídos por el cáncer de su pena;
es su cansancio igual a tu fatiga;
como tú se acurrucan en los quicios
o piden paz, sin una mano amiga,
al silencio de oscuros precipicios.
Son los siervos del pan: fecunda horda
que llena el mundo de vencidos. Llama
ávida de lamer. Tormenta sorda
que sobre el Orbe enloquecido brama.
Y son sus hijos pálidas legiones
de espectros que en la noche de sus cuevas,
al ritmo de sus tristes corazones
viven soñando con auroras nuevas
de un sol de amor en mística alborada,
y, sin que llegue la mentida crisis,
en medio de su mísera nidada
¡los degüellan las ráfagas de tisis!

Los mudos socavones de las minas
se tragan en falanges los obreros
que, suspendidos sobre abismo loco,
semejan golondrinas
posadas en fantásticos aleros.
Con luz fosforescente de cocuyos,
trémula y amarilla,
perfora oscuridad su lamparilla;
sobre vertiginosos voladeros

acometen olímpicos trabajos,
y en tintas de carbón ennegrecidos,
se clavan en los fríos agujeros,
como un pueblo infeliz de escarabajos
a taladrar los árboles podridos.
Sus manos desgarradas
vierten sangre; sarcástica retumba
la voz en la recóndita huronera:
allí fue su vivir; allí su tumba
les abrirá la bárbara cantera
que inmóvil, dura, sus alientos gasta,
o frenética y ciega y bruta y sorda
con sus olas de piedra los aplasta.

El minero jadeante
mira saltar la chispa de diamante
que años después envidiará su hija,
cuando triste y hambrienta y haraposa,
la mejilla más blanca que una rosa
blanca, y el ojo con azul ojera,
se pare a remirarla, codiciosa,
al través de una diáfana vidriera,
do mágicos joyeles
en rubias sedas y olorosas pieles
fulgen: piedras de trémulos cambiantes,
ligadas por artistas
en cintillos: rubíes y amatistas,
zafiros y brillantes,

la perla oscura y el topacio gualda,
y en su mórbido estuche de rojizo peluche,
como vivo retoño, la esmeralda.
La joven, pensativa,
sus ojos clava, de un azul intenso,
en las joyas, cautiva
de algo que duerme entre el tesoro inmenso
no es la codicia sórdida que labra
el pecho de los viles:
es que la dicen mística palabra
las gemas que tallaron los buriles:
ellas proclaman la fatiga ignota
de los mineros; acosada estirpe
que sobre recio pedernal se agota,
destrozada la faz, el alma rota,
sin un caudillo que su mal extirpe:

El diamante es el lloro
de la raza minera
en los antros más hondos de la hullera:

¡loor a los valientes campeones
que vertieron sus lágrimas
entre los socavones!

Es el rubí la sangre de los héroes que, en épicas faenas,
tiñeron el filón con el desangre
que hurtó la vida a sus hinchadas venas:

¡loor a los valientes campeones
que perdieron sus vidas
entre los socavones!

El zafiro recuerda
a los trabajadores de las simas
el último jirón de cielo puro
que vieron al mecerse de la cuerda
que los bajaba al laberinto oscuro:

¡loor a los sepultos campeones
que no verán ya el cielo
entre los socavones!

Y el topacio de tinte amarillento
es recóndita ira
y concreciones de dolor; lamento
que entre el callado boquerón expira;

¡loor a los cautivos campeones
que como fieras rugen
entre los socavones!

La joven pordiosera
huyó...................

¿Que formidable vocerío
pasa volando por el azul esfera,

con el lejano murmurar de un río?
Es una turba de profetas. Vienen
al aire desplegando los pendones
color de cielo; sus cabezas tienen
profusas cabelleras de leones.
En sus labios marchitos se adivina
el himno, la oración y la blasfemia;
llama febril sus ojos ilumina
de sacros resplandores;
pálidos como el rostro de la Anemia,
llegaron ya: son los conquistadores
del Ideal: ¡dad paso a la bohemia!
Ebrios todos de un vino luminoso
que no beben los bárbaros, y envueltos
en andrajos, son almas de coloso,
que treparán a la impasible altura
donde afilan sus hojas los laureles
conque ciñes de olímpica verdura
en tu vasto proscenio
a los ungidos de tu Crisma, ¡oh Genio!
Aquel muestra su aljaba
de combate, repleta de pinceles;
el otro vibra, como ruda clava,
un cuadrado amartillo y dos cinceles;
se interrogan, se dicen sus proyectos
de obras que dejarán eternos rasgos;
aunque sean insectos,
el mármol y el pincel los harán astros.

Un escultor ofrece
pulir la piedra como fino encaje
para velar un seno que florece
bajo la tenue morbidez del traje;
aquése de fosfórica pupila,
que las del gato iguala,
discurre solo en actitud tranquila
con el azul cuaderno bajo el ala,
y el bardo decadente,
el bardo mártir que suscita mofas,
levantará la frente,
alto nido de férvidas estrofas,
y de sus labios, que el reír no alegra,
brotará el pensamiento
como un águila negra,
con las alas enormes
desplegadas al viento,
para cantar la Venus Victoriosa
cuya violenta juventud encarne
el espíritu alegre de la diosa
en las melancolías de la carne.

El músico, doblando la cabeza
sobre la débil caja
de su violín sonoro,
dice la voz que de los cielos baja
como un perfume del jardín de oro,
y, agarrando del cuello enflaquecido

al tísico instrumento,
lo hace gritar con trágico alarido;
y con ahogados trémolos simula
el sollozo de un mártir que se queja
bajo el negro dogal que lo estrangula:
y sobre todos flota,
como un sueño de amor en la noche larga,
la paz del arte que su duelo embota
y su llagado corazón embarga.

Desventurada tribu
de miserables, vuestro ensueño vano
vuela solo entre sombras como vuelan
las grullas en las noches de verano.
Esa lumbre asesina de los focos
que doran las soberbias capitales,
arderá vuestras frentes inmortales
y vuestras alas de zafir, ¡oh Locos!
Sin pan, ni amor, ni gruta
donde dormir vuestras febriles horas,
sucumbís a la bárbara cadena,
sin más visión que la chafada ruta
que os empuja a los légamos del Sena...
¡Canes, minero, artistas,
el árido recinto que os encierra
consume vuestros míseros despojos;
y en el agrio Sahara de la tierra
sólo hallasteis el agua ... de los ojos!

Huíd como una banda tenebrosa
de pájaros nocturnos que entre ramas
hienden la oscuridad sin voz ni huella;
morid: ¡para vosotros
no se despierta el día
ni se columpia en el Zenit la estrella
que llamaron los hombres Alegría!
Cuan lejos de vosotros se levanta,
sobre columnas de marfil bruñido,
la ciudad de los Amos, donde canta
su canto de ventura
el gozo entre las almas escondido.
Allí todos olvidan
vuestra angustia. Los árboles no dejan
-de silencio cargados y de flores-
llegar, de los vencidos que se quejan,
el treno funeral de sus dolores;
allí, cual un torrente
que dé sus ondas a dormidas charcas,
resbala fríamente
con ruido sonoro
el oro, a los abismos de las arcas.
Allí las sedas crujen
como crujen las carnes sacudidas
por las fieras: son fieras que no rugen
los seres sin piedad. Ved como pasa
sobre el marmóreo suelo,
con su capa de pieles la hembra dura

cual un oso gigante sobre hielo.
¿Por qué se abren sus ojos
desmesuradamente?
¡Ah! si es que apunta con fulgores rojos
el astro de la sangre por Oriente.
Bajo el odio del viento y de la lluvia
por la frígida estepa se adelantan
los domadores de la Bestia rubia:
ya los perros sarnosos
se tornaron chacales. De ira ciego
el minero de ayer se precipita
sobre los tronos. Un airado fuego
entre sus manos trémulas palpita,
y sorda a la niñez, al llanto, al ruego,
¡ruge la tempestad de dinamita!
¡Son los hijos de Anarkos! Su mirada,
con reverberaciones de locura,
evoca ruinas y predice males:
parecen tigres de la Selva oscura
con nostalgias de víctima y juncales.
El furioso caer de sus piquetas
en trizas torna la vetusta arcada
que erigieron al Bien nuestros mayores;
y por la red de las enormes grietas
va filtrando, con tintes de alborada,
un sol de juventud sus resplandores.

Aquél un arma ruda
pide, que parta huesos y que exprima
el verbo de la cólera; filuda
por el trabajo, recogió su lima
de fatigado obrero,
y bajo el golpe de Lucheni, ¡muda
cayó la Emperatriz como un cordero!

Pini, Vaillant, Caserio y Angiolillo,
vuestro valor ante la muerte espanta;
negros emperadores del cuchillo,
que rendís la garganta
como débil mendrugo
a las ávidas fauces del verdugo;
de duques y barones
no circundó plegada muselina
vuestros cuellos. Allí donde culmina
el dorado listón de los toisones
os dio la guillotina
su mordisco glacial: vendimiadora
que la tez y las almas descolora.

Aún parece vibrar en mis oídos
la voz de Emile Henry: ya bajo el hacha
iba la a rodar su juvenil cabeza,
como la flor al soplo de la racha,
y exclamó: "Germinal",
y de su herida

corrió una fuente de licor sagrado
que bautizó la historia dolorida
de los siervos, con óleo ensangrentado.
Y ese fue dulce al comenzar; renuevo
de razas de alto nombre.
¿Quién me dirá si un huevo
son de torcaz o víbora? La mente
no sabe leer lo que en el tiempo asoma:
el hombre, como el huevo,
en nidos de dolor será serpiente,
¡en nidos de piedad será paloma!

Por dondequiera que mi ser camine
Anarkos va, que todo lo deslustra;
¡un rito secular que no decline
ante el puño brutal de Bakunine,
y el heraldo feroz de Zarathustra!

No puede ser que vivan en la arena
los hombres como púgiles; la vida
es una fuente para todos llena;
id a beber, esclavos sin cadena;
potentado, ¡tu siervo te convida!
¡Nada escuchan! Los pobres, a la jaula
de la miseria se resisten fieros,
y con brazo de adustos domadores
y el ojo sin ternura, ¡los enjaula
la codicia sin fin de los señores!

¿Quién los conciliará? Tibios reflejos
de una luz paternal y vespertina
visten de claridad el linde vago:
es que el Patriarca de los Ritos viejos,
de sapiencia cubierto, se avecina,
con la nerviosa palidez de un mago.
Es flaco y débil: su figura finge
lo espiritual; el cuerpo es una rama
donde canta su espíritu de Esfinge;
y su sangre, la llama
que los miembros cansados transparenta;
de su nariz el lóbulo movible
aspira lo invisible,
son sus patricias manos una garra
febril y amarillenta
es de los griegos la gentil cigarra
¡que con mirar el éter se alimenta!
Impalpable se irgue -melancólico espectro-
y de la cuerda blanca
a su místico plectro
la melodía arranca.
Impalpable se irgue;
hay algo de felino
en su trémula marcha,
hay mucho de divino
en la nítida escarcha
que su cabeza orea.
Cruza sin otras galas

que la túnica nívea
que semeja las alas
rotas de un genio de celeste coro,
y sobre el pecho una
cruz de pálido oro.
Alza el brazo. La Europa
lo aguarda como a antiguo caballero,
debajo de una bóveda de acero;
calla sus labios la soberbia tropa
de esclavos y señores:
el Pontífice augusto
trae el bálsamo santo que redime,
y calma la batalla de panteras;
revalúa lo justo;
ya va a decir el símbolo sublime ...
y de sus labios tiernos
salió, como relámpago imprevisto,
a impulso de los hálitos eternos
esta sola palabra: "Jesucristo."

A Colombia

Julio Flórez

Golpea el mar el casco del navío
que me aleja de ti, patria adorada.
Es medianoche; el cielo está sombrío;
negra la inmensidad alborotada.

Desde la yerta proa, la mirada
hundo en las grandes sombras del vacío;
mis húmedas pupilas no ven nada.
Qué ardiente el aire; el corazón qué frío.

Y pienso, oh patria, en tu aflicción, y pienso
en que ya no he de verte. Y un gemido
profundo exhalo entre el negror inmenso.

Un marino despierta... se incorpora...
aguza en las tinieblas el oído
y oigo que dice a media voz ¿Quién llora?

La respuesta de la tierra

José Asunción Silva

Era un poeta lírico, grandioso y sibilino,
Que le hablaba a la tierra una tarde de invierno,
Frente a una posada y al volver de un camino:
-¡Oh madre, oh Tierra! -díjole-, en tu girar eterno
Nuestra existencia efímera tal parece que ignoras.
Nosotros esperamos un cielo o un infierno,
sSfrimos o gozamos, en nuestras breves horas,
E indiferente y muda, tú, madre sin entrañas,
De acuerdo con los hombres no sufres y no lloras.
¿No sabes el secreto misterioso que entrañas?
¿Por qué las noches negras, las diáfanas auroras?
Las sombras vagarosas y tenues de unas cañas
Que se reflejan lívidas en los estanques yertos,
¿No son como conciencias fantásticas y extrañas
Que les copian sus vidas en espejos inciertos?
¿Qué somos? ¿A do vamos? ¿Por qué hasta aquí vinimos?
¿Conocen los secretos del más allá los muertos?
¿Por qué la vida inútil y triste recibimos?
¿Hay un oasis húmedo después de estos desiertos?
¿Por qué nacemos, madre, dime, por qué morimos?
¿Por qué? Mi angustia sacia y a mi ansiedad contesta.

Yo, sacerdote tuyo, arrodillado y trémulo,
En estas soledades aguardo la respuesta.

La Tierra, como siempre, displicente y callada,
Al gran poeta lírico no le contestó nada.

Los Autores

Tomás Carrasquilla Naranjo (1858 - 1940) fue un escritor colombiano conocido por sus contribuciones al costumbrismo y modernismo. Aunque trabajó como sastre, secretario y almacenista, su pasión por la literatura lo llevó a influir notablemente en su generación y las posteriores. Carrasquilla organizó tertulias literarias que lo hicieron famoso en Medellín y escribió obras destacadas como "La marquesa de Yolombó" y "Hace tiempos". A pesar de ser poco reconocido en vida, obtuvo el Premio Nacional de Literatura en 1936, lo que finalmente le otorgó reconocimiento nacional. Su trabajo ofrece un vívido retrato de la vida y las costumbres de Antioquia, combinando detalles tradicionales con una perspectiva modernista.

Soledad Acosta de Samper (1833 - 1913) fue una destacada escritora, periodista, y feminista colombiana del siglo XIX. Conocida por sus seudónimos Aldebarán, Renato, Bertilda y Andina, Acosta escribió más de 20 novelas, cerca de 50 cuentos, cuatro obras de teatro, y numerosos estudios sociales e históricos. Fundó y dirigió cinco periódicos, y sus trabajos reflejan un fuerte interés por la historia y la participación de las mujeres en la sociedad. A través de sus escritos, Acosta defendió los derechos de las mujeres y fue una pionera en la historia de las mujeres en Colombia. Su obra más conocida incluye "La perla del Valle" y "Dolores", y su influencia perdura como símbolo de lucha por la igualdad de género en Colombia.

José Asunción Silva (1865 - 1896) fue un destacado poeta y escritor colombiano, considerado uno de los introductores del modernismo en la literatura colombiana. Proveniente de una familia aristocrática, su vida estuvo marcada por tragedias personales, como la muerte de varios hermanos y el naufragio de un barco en el que perdió parte de su obra. Sus principales obras incluyen "El libro de versos", la novela "De sobremesa" y el poemario "Gotas amargas". Su obra, que abarca alrededor de 150 poemas, cartas y prosas, destaca por su experimentación con métricas y su exploración de temas como la muerte y el amor insatisfecho. Silva se suicidó a los 30 años, dejando un legado que sigue siendo recordado en la Casa de Poesía Silva en Bogotá.

Eduardo Castillo (1889 - 1938) fue un periodista, ensayista, cuentista, crítico literario y traductor colombiano, conocido por su trabajo dentro de la "generación del Centenario" y su afiliación al modernismo. Autodidacta, Castillo adquirió conocimientos principalmente por cuenta propia. Se desempeñó como crítico literario, con una columna semanal en la revista *Cromos* durante casi

20 años, y colaboró en *Lecturas Dominicales* y *El Nuevo Tiempo Literario*. Tradujo obras de autores como Samain, Copée, Baudelaire y Wilde. Su poemario más notable, *El árbol que canta*, fue publicado en 1928. Pariente del poeta Guillermo Valencia, Castillo también fue su secretario, lo que influyó mutuamente en sus obras.

José Restrepo Jaramillo (1896 - 1945) fue un periodista, cuentista, novelista y diplomático colombiano. Nació en Jericó, un pueblo en el suroeste antioqueño, y recibió su educación inicial en una escuela local antes de trasladarse a Medellín, donde trabajó como asistente en oficinas de abogados. En 1924 se mudó a Bogotá, donde se unió al grupo intelectual activo en la revista *Los Nuevos*. Trabajó en el periódico *El Espectador* y, en 1926, publicó su primera novela, *La novela de los tres*, una obra experimental que ha sido objeto de estudios críticos recientes. Durante la República Liberal, ocupó varios cargos públicos y diplomáticos. Falleció en Medellín debido a una hemorragia estomacal.

Francisco Gómez Escobar, conocido como Efe Gómez (1867 - 1938), fue un escritor, minero, catedrático e ingeniero de minas colombiano. Completó sus estudios de bachillerato en la Universidad de Antioquia y se graduó como ingeniero en la Escuela de Minas de Medellín. Colaboró en revistas literarias como *El Montañés*, *El Repertorio*, *Alpha* y *Cirirí*, y fue parte activa de la bohemia cultural de Medellín en las primeras décadas del siglo XX. Su obra literaria, caracterizada por un tono pesimista y crítico hacia la sociedad antioqueña, incluye tres volúmenes de cuentos: *Almas Rudas*, *Retorno* y *Guayabo Negro*, y una novela, *Mi gente*. Sus cuentos exploran temas como la muerte, el fracaso, la corrupción y la desesperanza, influenciados por filósofos como Friedrich Nietzsche y Arthur Schopenhauer. Efe Gómez se destaca por presentar una visión trágica y pesimista de la cultura y la civilización antioqueñas.

Jorge Ricardo Isaacs Ferrer (1837 - 1895) fue un novelista, poeta y político colombiano del género romántico. Estudió en Cali, Popayán y Bogotá, y participó en diversas campañas militares. Se casó con Felisa González Umaña en 1856. Intentó dedicarse al comercio y la literatura, y en 1864 publicó sus primeros poemas. Su única novela, *María* (1867), es una de las obras más destacadas de la literatura hispanoamericana del siglo XIX, narrando los amores trágicos de María y Efraín en el Valle del Cauca. Isaacs también tuvo una carrera política y periodística, militando inicialmente en el Partido Conservador y luego en el Liberalismo Radical. Falleció en Ibagué a causa de paludismo y fue sepultado en el Cementerio San Pedro de Medellín. Su obra incluye también *Poesías* (1864) y el incompleto poema *Saulo* (1881).

Ismael Enrique Arciniegas (1865 - 1938) fue un poeta, periodista, político y traductor colombiano, considerado precursor del florecimiento intelectual santandereano. Estudió en el Seminario Mayor de Bogotá, donde fue influenciado por el escritor José Joaquín Ortiz. Arciniegas comenzó su carrera periodística en Bucaramanga y fundó el periódico *El Impulso*. Participó en la guerra civil de 1895 y luego tuvo una destacada carrera diplomática, siendo ministro plenipotenciario en varios países y ocupando la cartera de Correos y Telégrafos en 1930. Su obra poética se centró en temas de la naturaleza y el amor, y publicó libros como *Cien poesías* (1911) y *Antología poética* (1932). Además, fue un notable traductor, conocido por sus versiones de poemas de Horacio y Paul Géraldy.

Candelario Obeso Hernández (1849 - 1884) fue un destacado escritor colombiano, conocido como el precursor de la "Poesía Negra y Oscura" en Colombia. Hijo natural de un hacendado y una criada de raza negra, estudió en el Colegio Pinillos de Mompox y luego en la Universidad Nacional de Colombia, donde cursó Ingeniería, Derecho y Ciencias Políticas. Desempeñó diversos oficios, desde profesor hasta cónsul y tesorero municipal. Tradujo obras de Shakespeare y Victor Hugo, y escribió novelas, dramas y textos pedagógicos. Su obra más significativa es "Cantos populares de mi tierra" (1877), que refleja la vida cotidiana de los hombres negros de su época en un lenguaje coloquial. Su vida terminó trágicamente, con un disparo en el pecho, posiblemente un suicidio. Obeso es recordado por su profunda influencia en la literatura afrocolombiana.

Guillermo Valencia Castillo (1873-1943) fue un destacado poeta, político y diplomático colombiano, pionero del modernismo en el país. Su obra poética incluye *Ritos* (1899) y *Catay* (1929), siendo reconocido por su poesía pictórica influenciada por el romanticismo y el parnasianismo europeo. Valencia ocupó cargos importantes como gobernador del Cauca, Ministro de Guerra y fue candidato presidencial dos veces, aunque no ganó. Como miembro del Partido Conservador, fue un influyente orador y legislador. Nacido en una familia noble, estudió en el Colegio de San José de La Salle y en la Universidad del Cauca. Además de su contribución literaria, su carrera política dejó un legado duradero. Fue padre del presidente colombiano Guillermo León Valencia y abuelo de la senadora Paloma Valencia.

Julio Flórez Roa (1867-1923) fue un destacado poeta colombiano, conocido por su obra en el Romanticismo tardío. Nació en Chiquinquirá, Boyacá, y fue hijo del médico y pedagogo liberal Policarpo María Flórez y Dolores Roa de Flórez. Estudió literatura en el Colegio Mayor de Nuestra Señora del Rosario en Bogotá, pero abandonó los estudios debido a la guerra civil.

Frecuentó círculos intelectuales y fue amigo de poetas como Candelario Obeso y José Asunción Silva. Viajó por la Costa Atlántica, Venezuela, y Europa, publicando varios libros de poesía. Sus obras más conocidas incluyen "Cardos y Lirios" y "Gotas de ajenjo". En 1909, se estableció en Usiacurí, Atlántico, donde vivió con su esposa Petrona Moreno y sus hijos hasta su muerte. Su poesía se caracteriza por un lirismo prolífico, escepticismo y profunda sensibilidad.

José Asunción Silva (1865-1896) fue un poeta y escritor colombiano, pionero del modernismo en la literatura colombiana. Nacido en Bogotá, sufrió muchas tragedias personales, como la muerte de varios hermanos y la pérdida de sus manuscritos en un naufragio. Estas experiencias marcaron profundamente su obra, destacándose "El libro de versos", "De sobremesa" y "Gotas amargas". A pesar de su corta vida, sus contribuciones a la poesía colombiana son significativas, caracterizadas por la innovación y la búsqueda de nuevos estilos literarios. Silva se suicidó a los 30 años, pero su legado perdura, y la Casa de Poesía Silva en Bogotá honra su memoria, consolidándolo como una figura central en la poesía modernista hispanoamericana.

La flor de mayo o lirio de mayo (Cattleya trianae) es la flor nacional de Colombia desde 1936. Esta orquídea epífita destaca por su belleza y sus pétalos que reflejan los colores de la bandera colombiana. Actualmente en peligro de extinción por la destrucción de su hábitat, muchas instituciones trabajan en su conservación.

Este libro fue concebido como una invitación al lector contemporáneo a explorar la riqueza de la literatura colombiana. En una época de incertidumbre, las palabras de estos grandes escritores ofrecen un ancla, un vínculo con el rico tapiz de la cultura y la historia latinoamericanas. Tacet Books es una editorial latinoamericana que se enorgullece de promover y celebrar la diversidad literaria de nuestro continente. Esperamos que al abrir estas páginas, los lectores encuentren inspiración, consuelo y una nueva perspectiva del mundo que les rodea.

São Paulo-SP. Julio, 2024.

www.ingramcontent.com/pod-product-compliance
Lightning Source LLC
LaVergne TN
LVHW040103080526
838202LV00045B/3756